shiji
wenxue
jingdian

世纪文学经典

艾青 著

艾青精选集

北京燕山出版社
BEIJING YANSHAN PRESS

"世纪文学60家"书系总策划：
白烨、陈骏涛、倪培耕、贺绍俊、张红梅

"世纪文学60家"评选专家名单：
（以姓氏笔画为序）

丁　帆	南京大学中文系教授
王中忱	清华大学中文系教授
王晓明	华东师范大学中文系教授
王富仁	汕头大学中文系教授
白　烨	中国社会科学院文学研究所研究员
孙　郁	鲁迅博物馆研究员
吴思敬	首都师范大学文学院教授
陈思和	复旦大学中文系教授
陈晓明	北京大学中文系教授
陈骏涛	中国社会科学院文学研究所研究员
陈子善	华东师范大学中文系教授
孟繁华	沈阳师范大学教授
於可训	武汉大学文学院教授
杨匡汉	中国社会科学院文学研究所研究员
杨　义	中国社会科学院文学研究所研究员
张　炯	中国社会科学院文学研究所研究员
张　健	北京师范大学文学院教授
张中良	中国社会科学院文学研究所研究员
赵　园	中国社会科学院文学研究所研究员
洪子诚	北京大学中文系教授
贺绍俊	沈阳师范大学教授
谢　冕	北京大学中文系教授
程光炜	中国人民大学中文系教授
雷　达	中国作家协会创研部研究员
黎湘萍	中国社会科学院文学研究所研究员

出版前言

"世纪文学60家"书系的创编与推出,旨在以名家联袂名作的方式,检阅和展示20世纪中国文学所取得的丰硕成果与长足进步,进一步促进先进文化的积累与经典作品的传播,满足新一代文学爱好者的阅读需求。

为使"世纪文学60家"书系的评选、出版活动,既体现文学专家的学术见识,又吸纳文学读者的有益意见,我们采取了专家评选与读者投票相结合的方式。我们依据20世纪华文作家在中国现当代文学史上的地位与影响,经过反复推敲和斟酌,确定了100位作家及其代表作作为候选名单。其后,又约请25位中国现当代文学专家组成"世纪文学60家"评选委员会,在100位候选人名单的基础上进行书面记名投票,以得票多少为顺序,产生了"世纪文学60家"的专家评选结果。为了吸纳广大读者对20世纪华文作家及作品的相关看法和阅读意向,我们与"新浪网·读书频道"全力合作,展开了为期两个月的"华文'世纪文学60家'全民网络大评选"活动。2005年12月16日,读者评选结果在"新浪网·读书频道"正式公布。为了使"世纪文学60家"的评选与编选,能够比较客观地反映专家和读者两方面的意见,经过反复协商,最终以各占50%的权重,得出了"世纪文学60家"书系入选名单。

"世纪文学60家"书系入选作家,均以"精选集"的方式收入其代表性的作品。在作品之外,我们还约请有关专家、学者撰写了研究性序言,编制了作家的创作要目,为读者了解作家作品、创作特点和其在文学史上的地位,提供必要的导读和更多的资讯。

"世纪文学60家"评选结果

排名	作家	专家评分	读者评分	评选结果	排名	作家	专家评分	读者评分	评选结果
1	鲁迅	100	100	100	31	赵树理	85	55	70
2	张爱玲	100	97	98.5	32	梁实秋	67	71	69
3	沈从文	100	96	98	33	郭沫若	70	65	67.5
4	老舍	94	94	94	33	陈忠实	67	68	67.5
4	茅盾	100	88	94	35	张恨水	64	70	67
6	贾平凹	94	92	93	36	苏童	58	75	66.5
7	巴金	94	90	92	36	冰心	51	82	66.5
7	曹禺	100	84	92	38	穆旦	78	52	65
9	钱钟书	80	99	89.5	39	丁玲	78	47	62.5
10	余华	85	92	88.5	40	顾城	29	95	62
11	汪曾祺	100	76	88	41	舒婷	51	69	60
12	徐志摩	85	89	87	42	张承志	67	51	59
12	莫言	94	80	87	43	王朔	45	72	58.5
14	王安忆	94	77	85.5	44	刘震云	58	58	58
15	金庸	70	98	84	45	韩少功	54	57	55.5
15	周作人	94	74	84	46	阿城	54	56	55
17	朱自清	70	93	81.5	47	张洁	64	44	54
18	郁达夫	78	83	80.5	48	三毛	22	85	53.5
19	戴望舒	94	66	80	49	铁凝	51	53	52
20	史铁生	80	79	79.5	50	张炜	60	40	50
20	北岛	78	81	79.5	50	李劼人	78	22	50
22	孙犁	94	62	78	52	宗璞	64	33	48.5
22	王蒙	78	78	78	53	郭小川	58	36	47
24	艾青	94	60	77	53	柳青	58	36	47
25	余光中	78	73	75.5	55	施蛰存	51	42	46.5
26	白先勇	85	64	74.5	56	张贤亮	42	49	45.5
27	萧红	85	61	73	56	刘恒	64	27	45.5
27	路遥	60	86	73	56	高晓声	45	46	45.5
29	闻一多	78	67	72.5	56	李锐	51	40	45.5
30	林语堂	54	87	70.5	60	徐訏	45	43	44

目录

我生活着 故我歌唱 ……… 刘金冬 001

第一辑　大堰河

会合 …………………… 003
当黎明穿上了白衣 ……… 005
阳光在远处 …………… 005
那边 …………………… 006
透明的夜 ……………… 007
大堰河——我的保姆 …… 010
叫喊 …………………… 014
芦笛 …………………… 015
巴黎 …………………… 018
马赛 …………………… 025
监房的夜 ……………… 030
画者的行吟 …………… 031

目录

古宅的造访 ………………… 033
我的季候 …………………… 036
泡影 ………………………… 037
灯 …………………………… 038
辽阔 ………………………… 038
窗 …………………………… 039
卖艺者 ……………………… 040
晨歌 ………………………… 042
梦 …………………………… 043
春雨 ………………………… 045
太阳 ………………………… 046
煤的对话 …………………… 047
春 …………………………… 048
生命 ………………………… 049
浪 …………………………… 050
笑 …………………………… 051
黎明 ………………………… 053
死地 ………………………… 056
复活的土地 ………………… 060
他起来了 …………………… 061
雪落在中国的土地上 ……… 062

第二辑　向太阳

我们要战争
——直到我们自由了 …………… 069
手推车 ……………………………… 071
北方 ………………………………… 072
骆驼 ………………………………… 076
补衣妇 ……………………………… 077
乞丐 ………………………………… 078
向太阳 ……………………………… 079
人皮 ………………………………… 096
黄昏 ………………………………… 098
我爱这土地 ………………………… 099
冬日的林子 ………………………… 099
吹号者 ……………………………… 100
他死在第二次 ……………………… 106
出发 ………………………………… 120
桥 …………………………………… 121
秋 …………………………………… 121
秋晨 ………………………………… 122
旷野 ………………………………… 123

目录

冬天的池沼 …………… 128

树 …………… 129

解冻 …………… 129

船夫与船 …………… 131

青色的池沼 …………… 132

山毛榉 …………… 133

农夫 …………… 134

没有弥撒 …………… 134

太阳 …………… 136

月光 …………… 137

矮小的松木林 …………… 138

水鸟 …………… 139

火把 …………… 140

城市人 …………… 178

群众 …………… 180

欧罗巴 …………… 182

哀巴黎 …………… 183

刈草的孩子 …………… 188

荒凉 …………… 188

篝火 …………… 189

播种者 …………… 190

第三辑　黎明的通知

古松 …………………… 195
我的父亲 ………………… 196
少年行 …………………… 205
秋天的早晨 ……………… 206
强盗和诗人 ……………… 209
时代 ……………………… 210
村庄 ……………………… 212
太阳的话 ………………… 215
我的职业 ………………… 216
给太阳 …………………… 219
黎明的通知 ……………… 221
河边诗草（五首） ………… 224
野火 ……………………… 227
风的歌 …………………… 229
献给乡村的诗 …………… 234
迎 ………………………… 238
悼罗曼·罗兰 …………… 239
狂欢的夜晚 ……………… 242
两亲家 …………………… 244
播谷鸟集（七首） ………… 246

第四辑　归来的歌

春姑娘 …………………… 257
给乌兰诺娃 …………………… 260
西湖 …………………… 261
三株小杉树 …………………… 262
一个黑人姑娘在歌唱 …………… 262
怜悯的歌 …………………… 263
礁石 …………………… 265
珠贝 …………………… 265
在智利的海岬上 …………… 266
告别 …………………… 273
大西洋 …………………… 276
写在彩色纸条上的诗 …………… 285
小蓝花 …………………… 288
高原 …………………… 289
启明星 …………………… 289
鸽哨 …………………… 290
下雪的早晨 …………………… 291
鱼化石 …………………… 293
小泽征尔 …………………… 294

目录

伞……………………… 295
酒……………………… 296
互相被发现…………… 297
镜子…………………… 299
光的赞歌……………… 300
致亡友丹娜之灵……… 312
盆景…………………… 316
海水和泪……………… 318
盼望…………………… 318
墙……………………… 319
慕尼黑………………… 320
维也纳的鸽子………… 322
古罗马的大斗技场…… 324
山核桃………………… 331
关于眼睛（两首）…… 332
虎斑贝………………… 334
沉痛的经验…………… 335
听鹂馆………………… 336
红色磨坊……………… 337
雪莲…………………… 338

交河故城遗址 …………………… 339
给女雕塑家张得蒂 ……………… 339

创作要目 ……………… 刘金冬 341

(本书目由刘金冬选定)

我生活着　故我歌唱

刘金冬

> 为什么我的眼里常含泪水？
> 因为我对这土地爱得深沉……
> ——艾青《我爱这土地》

一　"我写作,写作,第三个还是写作……"

艾青(1910—1996)生于浙江省金华县畈田蒋村的一个地主家里。原名蒋正涵,字养源,号海澄,曾经用过的笔名有:莪伽、克阿、纳雍、林壁。在1933年5月1日出版的《现代》第三卷第一期上,艾青发表了为后来的评论家所多次引用的具有现代主义诗风的诗歌《芦笛》,这是报刊第一次出现艾青这一笔名。从1934年《大堰河——我的保姆》引起轰动以后,艾青基本上就使用这一笔名了。

艾青一生最重要的经历在他人生一开始时就发生了。因为艾青出生时难产,算命先生就说他克父母,一到四岁他都被寄养在贫苦农民大堰河(大叶荷的谐音)的家里,一直到五岁才回到自己家里读书,但也只能叫父母为叔叔、婶婶。这是一个生活上有父母、精神上无父母的孩子。缺少亲情的少年艾青不知不觉对大自然和民间艺术发生了浓厚的兴趣,他整日画画,学习金石,还在篆刻上下过工夫。1925年他考上了金华省立第七中学,"中学老师第一次出的作文题是《自修室随笔》，我写了一篇《一个时代有一个时代的文学》，反对念文言文"。① 省立七中沉闷的学习空气，使艾青终生对学院派教育持反感态度。但是，中学生活还是有两件值得纪念的事：一是遇见了在国画和篆刻上都有很高造诣的恩师张书旂，使他决定学习绘画；一是得到了一本油印的《唯物史观浅说》，"使我第一次获得了马克思主义阶级斗争的观念——这个观念终于和我的命运结合起来，构成了我一生的悲欢离合"。② 1928年，艾青考入国立西湖艺术院，开始沉迷于屠格涅夫的小说《猎人笔记》和《父与子》等，他由此出发，渐渐地体悟到了一种宽泛的人类之爱的精神。

1929年春，艾青自费去法国学画，巴黎的三年是"精神上自由，生活上贫穷"的三年。诗人上午干活，下午学画，贫穷使他过着一种半流浪式的生活，但自由使他认识了终生影响自己创作的现代主义诗人阿波里内尔、凡尔哈伦和兰波，还有马雅可夫斯基和叶赛宁。作为一个弱国子民，他深切地体会到了无处不在的悲哀和耻辱，就是在这里，诗人的爱国主义意识萌生了。他参加了"世界反帝大同盟"东方部成立大会，并写下了他的处女作《会合》③，这首诗奠定了诗人一生创作的主旋律：为时代、为民族、为受压迫的人们而歌唱。

1932年春，诗人回国，不久即参加了"左联"美术家协会，并与江丰、力扬等画家组成"春地画会"，发行美术画报并举办画展。这些活动引起了法租界巡捕房的注意，他被捕入狱并以危害民国罪等罪名被判处有期徒刑6年。在狱中，因缺少绘画必需的颜料和模特等，艾青不得已转入诗歌创作，成名作《大堰河——我的保姆》就写于狱中。据统计，诗人狱中作诗共26首，同时还翻译了凡尔哈伦的诗集《原野与城市》。出狱后，开始在常州、上海和杭州之间为生计而奔波。这一段时间最可纪念的事是1936年诗集《大堰河》的出版，因为对"成

---

① 《艾青全集》第3卷。
② 《艾青全集》第3卷。
③ 有人考证艾青的处女作是写于1928年的《游痕》（二首），本文因艾青本人的否定性评价而不取此说。

为一个人类最伟大的歌手"的强烈渴望与意识到的现实不可能性之间的尖锐冲突,曾引起过诗人深刻的精神危机。诗集的出版引起胡风和茅盾的注意,胡风因此称他为"吹芦笛的诗人"。而第一个评论者则是茅盾,他说:"……《大堰河——我的保姆》,这是一首长诗,用沉郁的笔调细写了乳娘兼女佣(大堰河)的生活痛苦,这在体制上使我联想到《学徒苦》。可是两诗比较,我不能不喜欢《大堰河》。"①艾青一出场就受到两位现实主义评论大师的注意,不能不说是历史机缘的偶合,同时也为他奠定了新诗史上的地位。

抗战的爆发,在艾青看来是一件值得庆贺的事:因为它是我们民族复兴的转折点。就在卢沟桥事变的前一日,艾青在沪杭路上写下了《复活的土地》一诗,他预言:"因为,我们的曾经死了的大地,在明朗的天空下/已复活了!"此时的艾青在杭州蕙兰中学教书,面对全国普遍抗战的大形势,他不得不思考将来怎么办的问题。他既希望参加抗战,更渴望有一个安静的地方可以从容地写作。在杭州的最后一首诗是《他起来了》,"因为他必须如此/因为他/必须从敌人的死亡/夺回来自己的生存"。这里有诗人说服自己离开杭州的意思,也有把祖国化为一个人的形象进行抗战的象征意味。

在整个抗战期间,艾青一直在两种情绪中徘徊,一方面,面对抗战,他自觉地为民族、为时代而歌唱;另一方面,面对自己的内心,他常常陷入寂寞、孤独和茫然的状态之中。所以,他除了大量为时代而歌的作品外,也有很多寄寓个人情怀的写景诗和无题诗。尤其是退居湖南衡山和新宁两个时期的诗作,更多地流露了诗人丰富、复杂的个人精神世界。

1937年冬天,诗人来到武汉,写出了表现时代苦难的传世之作《雪落在中国的土地上》。1938年初,诗人去山西临汾"民族革命大学"教书,不久,转回西安,在"抗日艺术队"当队长。这一段时间,他辗转于陇海路沿线,经过潼关、临潼、风陵渡等战争前线,亲眼看到了

---

① 茅盾:《论初期白话诗》,《文学》第8卷第1期,1937年1月1日。

炮火下中国劳动人民家破人亡、流离失所的惨景,改变了战争初期一度昂扬奋发的调子:《北方诗草》《手推车》《北方》又开始延续抗战前忧郁、悲哀的情绪。但此时的忧郁来自于诗人忧国忧民的灵魂,反映的是一种民族的悲哀;而抗战前的忧郁更多地是来自诗人与生俱来的一种气质,反映的是时代浪子自我感伤的情怀。当诗人再次回到武汉时,很快完成了长诗《向太阳》的写作。武汉沦陷后,艾青去湖南衡山省立乡师任教。山居野趣再次唤起了他对安定生活的向往之心,《秋日游》《斜坡》《秋晨》等诗都是诗人对大自然欣赏、赞颂的风景诗。

正是为了要过一份安定的生活,艾青于1938年11月去了桂林,在《广西日报》主编副刊《南方》。在此期间,他的创作又有了新的收获,就是长诗《吹号者》和《他死在第二次》。在诗中,诗人把自己当作吹号的士兵,当作慷慨赴死的战士,也因此引起了一些争论。另外,他还创作了《冬日的林子》《我爱这土地》《死难者画像》《街》和《我们的田地》等。这一时期,诗人因为看到了两年的战争给国家和人民带来的深重灾难,而陷入困惑和思考当中。表现在诗作中就是描写自然风物和怀乡忆旧的诗多了起来,《黄昏》《怀临汾》《出发》《骆驼》《秋晨》等,这些诗都没有表现时代与战争的重大主题,而是更多地抒写个人心境。这种诗歌创作恰好与当时他和戴望舒主编的诗刊《顶点》的诗歌观相吻合。1940年初,诗人因为个人生活的变故,来到湖南新宁衡山师范学校任教。安静的乡居生活使诗人真正回到了个人的内心世界,他在教书、绘画之余,写下了大量的咏物诗和静物诗,如《水牛》《独木桥》《刈草的孩子》《冬天的池沼》《牝牛》《灌木林》《水鸟》《旷野》《解冻》等;诗人在大自然的怀抱中思考着人生的荒谬与局限,达到了诗人诗思最高的探询深度。值得注意的是,诗人并没有忘却时代,还写了一些为后人所诟病的"急就章",如《马雅可夫斯基》《通缉令》《仇恨的歌》等。当然,诗人的优秀长诗《火把》也写于此时。

1940年6月,诗人来到重庆北碚育才学校教书,写了一些田园诗，如《高粱》《老人》《荒凉》等，同时构思和写作反法西斯的长诗《溃灭》片段。"皖南事变"发生后，国民党追捕进步文化人士，周恩来负责临时疏散工作，在他的帮助下，1941年3月，诗人来到了红都延安。这是一个新天新地，在这里，诗人重新思考了个人与世界的关系问题，他的创作思想和风格也开始发生变化。诗作《强盗和诗人》《时代》《群众》《我的父亲》就是诗风转变前夜的诗作，尤其是《我的父亲》，诗人把父亲写成一个地主阶级的典型，可能是开了风气之先。1943年，诗人尝试用老百姓喜闻乐见的形式写诗，长诗《雪里钻》《吴满有》都失败了，但《少年行》《献给乡村的诗》《野火》仍是艺术上的成功之作。

20世纪50年代，诗人因为经常出访的缘故，写了大量"国际题材"的作品。其中，《礁石》《珠贝》都是在写实中寄寓象征意味的诗作，表现了诗人艺术追求上的复杂性。1957年后，诗人因"右派"问题，先后被送往北大荒和新疆石河子劳动改造，直到1975年才回到北京。1978年4月30日，《文汇报》发表署名艾青的短诗《红旗》，这是诗人复出的标志。在以后五年多的时间里，诗人共发表诗作二百余首，其中长诗《在浪尖上》《光的赞歌》《古罗马的大斗技场》等，在当时反响强烈。还有一些哲理诗，如《镜子》《鱼化石》《关于眼睛》《盆景》《互相被发现》《山核桃》等，因为寄托明显，诗意显得转为淡薄。不过，有些对音乐、舞蹈、体育瞬间感悟的诗流露了诗人"发现的惊异"。

艾青是一个视写作为生命的人，也是一个终生写作的人。他说："我写作，写作，第三个还是写作——人生在我的活动里显得多么简单。假如有一天，我对自己的写作生活起了怀疑，那一天当是我的末日。"①对于艾青来说，写作就是生活的全部意义，因此，他宣布："我生活着，故我歌唱。"也因此，生活的全部内容都可以来到诗人的笔下，万物百态也可以各有其美。蓝棣之据此称艾青为"行吟诗人"。

---

① 《艾青全集》第3卷。

二 "……我长久地成了一个人道主义者"

诗人一生的创作可以分为三段:第一段从1932年至1949年,是他创作的高峰期;第二段从1950年至1978年,是沉寂期;第三段从1979年至1984年,是复出期。而贯穿其中的一条主线就是诗人强烈的爱:爱祖国、爱土地、爱人民、爱大地上一切的生命。诗人在《诗人论》中说:"为什么你们永远不安?一种比什么都更强烈的爱情,在你们的胸中汹涌。"

诗人是以《大堰河——我的保姆》一诗引起诗坛注目的,他要把这支歌"呈给大地上一切的,/我的大堰河般的保姆和她们的儿子,/呈给爱我如爱她儿子般的大堰河。"诗人的成名作在起点上就与我们民族多灾多难的土地和勤劳质朴的人民取得了血肉般的联系。诗人曾说,这首诗与《我的父亲》是姊妹篇,都是关于亲人的回忆。在这首诗中,诗人是一个地主阶级叛逆的儿子,他的真正母亲是中国大地上一切善良而不幸的劳动者。大堰河不仅是诗人的乳母,因为"她的名字就是生她的村庄的名字"而被赋予了某种象征意义:她是大地的化身,是中国农民的化身。这首诗预示了诗人以后创作的两个方向性特点:普通农民的命运是诗人永远的关注中心,土地是诗人最重要也最具感情的意象。诗人曾说:这个无限广阔的国家的无限丰富的农村生活——无论旧的还是新的——都要求在新诗上有它的重要篇幅。艾青最真切的诗都是献给农村与农民的。有农民受蹂躏的痛苦:"'饥馑的大地,朝向阴暗的天,伸出乞援的,颤抖着的两臂'(《雪落在中国的土地上》),这里最能体现艾青作为大诗人的才气、胸怀、境界和想象力。他把失去家园的、流亡的中国变成了一个'活'的雕塑。在二十世纪现代汉语诗歌里,谁能够这样用一个具体、准确的形象整体想象中国的苦难?"[①]艾青以诗向全世界宣说苦难、表达信心。

---

① 王光明:《苦难中国的想象与现代诗的境界》,《扬子江》2004年第4期。

"在北方/乞丐用固执的眼/凝视着你/看你在吃任何食物/和你用指甲剔牙齿的样子"(《乞丐》)。这是战争中农民的苦难、饥饿的活画像。在《农夫》中,诗人把农民与土地作比,说农民是从土地里钻出来的:"脸是土地的颜色/身上发出土地的气息/手像木桩一样粗拙""你们阴郁如土地/不说话也像土地/你们的愚蠢,固执与不驯服/更像土地呵"。早在1940年,冯雪峰就以孟辛为笔名评论说:"艾青……在根本上就正和中国现代大众的精神结合着的,本质上的诗人。……他的诗就和农民大众结着精神上的联系。……他的本质和力量却建筑在农村青年式的真挚,深沉,和爱的固执上,艾青的根是深深地植在土地上。"①当农民翻身得到土地的时候,艾青唱道:"云从东方来/天下雨了""到处都淋着雨水/到处都好像在笑"(《播谷鸟集》)。诗人写着农民,写着土地,并通过对农民与土地的抒写而写出中国农村变化的灵魂。

艾青深爱着农民,深爱着土地,因此也深爱着祖国。"土地"的意象里凝结了诗人对祖国最深沉、最诚挚的爱。"假如我是一只鸟,我也应该用嘶哑的喉咙歌唱""为什么我的眼里常含泪水?/因为我对这土地爱得深沉……"(《我爱这土地》)这歌声发自诗人的心灵深处,也发自我们民族生命的深处,因此而具有了永恒的艺术魅力。在诗中,诗人把自己比作一只鸟,要歌唱,一直歌唱到死。为谁歌唱?诗人一连用了四个象征性诗句来概括"鸟"所肩负的神圣使命。鸟要表达被侵略的土地的屈辱感;要传达民众的反抗情绪;还要讴歌"那来自林间的无比温柔的黎明……";完成这些使命以后,"鸟"死了,但它死也不愿意离开这块土地——"死了"以后连"羽毛"也要"腐烂在土地里面"。这是一块灾难深重的土地,但这是生我养我的祖国!这种诚挚的爱国主义情感在中国现代社会具有极大的典型性与普遍性。

与农民的苦难和土地的忧伤直接相关的是诗人对理想的热烈情

---

① 孟辛:《论两个诗人及诗的精神和形式》,《雪峰文集》第2卷,人民文学出版社。

怀,这是诗人灵魂的另一面:对光明、春天、黎明、生命与火焰的不倦歌唱。在诗中表现为对"太阳"意象的反复书写:如《太阳》《春》《生命》《黎明》《向太阳》《愿春天早点来》《火把》《给太阳》《太阳的话》《黎明的通知》《野火》《春姑娘》《启明星》《东方是怎样红起来的》和《光的赞歌》等诗作。艾青知道光明的到来是要付出血的牺牲的,他的《春》是纪念"左联"五烈士的,诗的最后两句是"人问:春从何处来?/我说:来自郊外的墓窟。"把百花盛开的春天与黑暗的墓穴相连,启发读者想到,是烈士的斑斑血迹在黑夜里"爆开了无数的蓓蕾/点缀得江南处处是春了"。写于抗战前夜的《太阳》也有类似的句子:"从远古的墓茔/从黑暗的年代/从人类死亡之流的那边/震惊沉睡的山脉/若火轮飞旋于沙丘之上/太阳向我滚来……"有论者写道:"……在表现光明来临的路上,竟放上黑暗的意象、苦难的意象以及献身死亡的意象",而郭沫若的《太阳礼赞》"绝无黑暗、死亡之意象的联想"。① 这种对光与暗互相交织的认识不仅来源于诗人看待事物的眼光,更与诗人的诗歌观念有关。诗人从"彩色的欧罗巴"带来的"芦笛"是波德莱尔象征主义的交感互动意识,是对万事万物互相联系互有感应的理解,诗人宣布:"人们嘲笑我的姿态,/因为那是我的姿态呀!/人们听不惯我的歌,/因为那是我的歌呀!"(《芦笛》)这"芦笛"吹出的是诗人的独立意志和自觉的自我意识。因此,诗人的创作既有别于当时一味革命的诗人的呐喊,又不同于一味地强调内心的现代派,显示了一种对大众诗歌与纯诗派诗歌的某种融合倾向,他在艺术上的成就标志着中国新诗第三次整合的完成。②

在"太阳意象"中,最值得注意的是《向太阳》《火把》和《黎明的通知》等几首诗。《向太阳》是诗人承前启后式的作品,诗中既有对未来的憧憬,也有诗人一贯忧郁的情怀,可以说是诗人对如何为抗战抒情的一个新的探索性作品。《火把》是艾青最具影响力的一首叙事

---

① 骆寒超:《论艾青诗的抒情结构》,《浙江学刊》1981年第2期。
② 龙泉明:《中国新诗流变论》,人民文学出版社。

性长诗。诗人在1940年写的《为了胜利——三年来创作的一个报告》中说:"今年5月初,我写了《火把》,这可说是《向太阳》的姊妹篇。这是我有意识地采用口语的尝试,企图使自己对大众化问题给以实践的解释。""火把"是一个具有极大象征意义的意象,"'火把'是艾青这一代人精神生活的大背景,对他与他同代人来说,如果过一种没有火把照耀的生活,几乎不可想象"。① 诗中,诗人第一次创造了有名有姓有性格的人物:唐尼和李茵,并写了唐尼在火把之夜的转变——从个人的失恋中清醒过来,重新点亮火把,加入队伍,最后把火把带回家,看着五年前为革命牺牲的哥哥的遗像,她给自己的心愿是"会好起来的","会坚强起来的"。而李茵经过了短暂而失败的婚姻之后,已经知道,世界上有比家庭更深厚的感情,这就是"同志爱"。全诗基本上由对话和情景描写组成,这里的对话和情景都有弦外之音,切入了人物与时代的深处。这首诗在国统区引起了强烈的反响,很多青年因为阅读《火把》而走向革命。朱自清在《抗战与诗》一文中说:"这篇诗描写火把游行,正是大众力量的表现,而以恋爱的故事结尾,在结构上也许匀称些。可是指示私生活的公众化一个倾向,而不至于公式化,却是值得特别注意的。"②艾青自己对这首诗的主题也阐述过,他说:"一种东西……一种完全新的东西是什么呢?……群众的行动所发挥出来的集体的力量,群众本身所赋有的民主的精神,群众的不可抵御的革命精神。《火把》这个千行长诗,歌颂的就是这种正在无限止地扩张着的'力量'和'精神'。"③《黎明的通知》则宣告了新的时代的来临:"趁这夜已快完了,请告诉他们,说他们所等待的就要来了!"诗人预言:中华民族的黎明就要来了。诗人以黎明的口气道出了人们的祈盼。这首诗写于1942年,正是抗战最艰苦的相持阶段,大片领土沦入日本的铁蹄之下,国民党对解放区实行了封锁与绞杀的政策,诗人对抗战胜利前景的预期完全出于一个诗人的

---

① 程光炜:《艾青传》,北京十月文艺出版社。
② 朱自清:《抗战与诗》,见《新诗杂话》,北京三联书店。
③ 艾青:《关于〈火把〉——答壁岩先生的批评》,《艾青全集》第3卷。

敏感和一个中国人的自尊。

当然,艾青所写的意象是丰富多彩的,不是仅限于土地与太阳,但对土地与太阳的抒写使他的诗获得了一种独特性,也因此与古典诗歌的意象区别开来,创立了属于艾青个人特质的意象群。

艾青的诗风有一种"忧郁美",是一种浸透血液、浸透骨髓的忧郁。这忧郁一方面来自与生俱来的气质,并感染了农民的忧郁品质;另一方面也是时代苦难的具体表现。诗人说:"叫一个生活在这年代的忠实的灵魂不忧郁,这有如叫一个辗转在泥色的梦里的农夫不忧郁,是一样的属于天真的一种奢望。"①诗人又说:"我如何解释我的忧郁呢?这就是说,我如何能使自己完全不忧郁呢?我所看见的东西真的就完全像你们所看见的那么快意吗?""这些诗多数写的是中国农村的亘古的阴郁与农民的没有终止的劳顿,连我自己也不愿意竟会如此深深地浸染了土地的忧郁。但是假如我们都以真实的眼凝视着广大的土地,那上面,和着雾、雨、风、雪一起,占据了大地的,是被帝国主义和封建地主搜刮空了的贫穷。"可见,艾青的忧郁产生于对抗战艰苦性与长期性的深刻体认之中,是在现实生活的土壤中生长出来的。因此,他的忧郁正表现了他对未来美好生活的执着信念,能给读者一种更加深沉的力量,诗人自己就把"忧郁与悲哀看成一种力"。

诗人的忧郁使他的诗产生了一种复杂性,具有了诗美所要求的"张力",但也同时引起了误解。吕荧在《人的花朵》中认为,诗人的长诗《他死在第二次》写的是士兵,用的却是知识分子的感情与情调,写得不真实、不深刻。艾青答辩说:他要写的是一个爱土地又不得不离开土地去当兵,"英勇地战斗了又默默地牺牲了的人所引起的一种忧伤。这忧伤,是我向战争所提出的,要求答复与保证的疑问"。这就是说,艾青要表达的是战争背景下生命的价值问题。那个为抗战死去的士兵留给世界的,是荒山上一个不标死者姓名的土堆,"──

---

① 艾青:《诗论》,《艾青全集》第3卷。

即使标出了/又有什么用呢?"这样的疑问是每个活着的个体都要面对与回答的,是诗人对生命最大的关怀与尊重。艾青是一个伟大的人道主义者,这是诗人忧伤、忧郁的根源。他对人世普遍的爱心常常遭到现实严酷的打击,诗人柔软的心灵经常流着鲜血。艾青回忆说:"我曾听说,我的保姆为了穷得不能生活的缘故,把自己刚生下的一个女孩,投到尿桶里溺死,再拿乳液来喂养一个'地主的儿子'——我。自从听了这件事以后,我的内心常常引起一种深沉的愧疚:我觉得我的生命,是从另外的一个生命那里抢夺来的。这种愧疚,促使我长久地成了一个人道主义者。"①

艾青是二十世纪中国最优秀的诗人之一,他的诗歌创作从多个方面启发了后来的诗人。他的关于"散文美"的诗歌实践;他的《诗论》对诗歌问题的理论探求;他诗歌本身所显现出的巨大的诗意魅力;他对诗歌意象与象征性的苦心经营以及他对时代与民族的深深眷恋,都使他无愧于一个时代与民族的大诗人的称号。

---

① 艾青:《赎罪的话》,1942年4月4日《解放日报》。

第一辑 大堰河

会 合
——东方部的会合

团团的,团团的,我们坐在烟圈里面,
高音,低音,噪音,转在桌边,
温和的,激烈的,爆炸的……
火灼的脸,摇动在灯光下面,
法文,日文,安南话,中文,
在房子的四角沸腾着……
长发的,戴眼镜的,点卷烟的,
读信的,看报纸的……
思索的,苦恼着的,兴奋的……
沉默着的……
……绯红的嘴唇片片的飞着,
言语像星火似的从那里散出。
……
……
每个凄怆的、斗争的脸,每个
　　挺直或弯着的身体的后面,
画出每个深暗的悲哀的黑影。
　　他们叫,他们喊,他们激奋,
他们的心燃烧着,
　　血在奔溢……
他们——来自那东方,
日本,安南,中国,
他们——

虔爱着自由，恨战争，
为了这苦恼着，
为了这绞着心，
　　流着汗，
　　闪出泪光……
紧握着拳头，
捶着桌面，
　　嘶叫
　　狂喊！
窗紧闭着，
窗外是夜的黑暗包围着，
雨滴在窗的玻璃上痛苦的流着……
房子里，充满着温热，
这温热在每个脸上流着，
这温热灌进每个人的心里，
每个人呼吸着一样的空气，
每个人的心都为同一的火焰燃烧着，
　　　　　　　　燃烧着，
　　　　　　　　燃烧着……
……
……
在这死的城市——巴黎，
在这死的夜里，
圣约克街的六十一号是活跃着的，
我们的心是燃烧着的。

　　　　　　　一九三二年一月十六日　巴黎

当黎明穿上了白衣

紫蓝的林子与林子之间
由青灰的山坡到青灰的山坡,
绿的草原,
绿的草原,草原上流着
——新鲜的乳液似的烟……

啊,当黎明穿上了白衣的时候,
田野是多么新鲜!
看,
微黄的灯光,
正在电杆上战栗它的最后的时间。
看!

一九三二年一月二十五日　由巴黎到马赛的路上

阳光在远处

阳光在沙漠的远处,
船在暗云遮着的河上驰去,
暗的风,
暗的沙土,
暗的

旅客的心啊。
——阳光嬉笑地
　　　　射在沙漠的远处。

　　　　一九三二年二月三日　苏伊士河上

那　　边

黑的河流,黑的天。
在黑与黑之间,
疏的,密的,
无千万的灯光。

一切都静默着,
只有那边灯光的一面,
铁的声音,
沸腾的人市的声音,
不断的煽出。

在千万的灯光之间,
红的绿的警灯,一闪闪的亮着,
在每秒钟里,
它警告着人世的永劫的灾难。

黑的河流,黑的天,
在黑与黑之间,
疏的,密的,

无千万的灯光,
看吧,那边是:
永远在挣扎的人间。

　　　　一九三二年二月二十六日　湄公河畔

透明的夜

一

透明的夜。

……阔笑从田堤上煽起……
一群酒徒,望
沉睡的村,哗然地走去……
村,
狗的吠声,叫颤了
满天的疏星。

村,
沉睡的街

沉睡的广场,冲进了
醒的酒坊。
酒,灯光,醉了的脸
放荡的笑在一团……

"走
　　到杀牛场，去
喝牛肉汤……"

二

酒徒们，走向村边
进入了一道灯光敞开的门，
血的气息，肉的堆，牛皮的
热的腥酸……
人的嚣喧，人的嚣喧。

油灯像野火一样，映出
十几个生活在草原上的
泥色的脸。

这里是我们的娱乐场，
那些是多谙熟的面相，
我们拿起
热气蒸腾的牛骨
大开着嘴，咬着，咬着……

"酒，酒，酒
我们要喝。"

油灯像野火一样，映出
牛的血，血染的屠夫的手臂，
溅有血点的

屠夫的头额。

油灯像野火一样,映出
我们火一般的肌肉,以及
——那里面的——
痛苦,愤怒和仇恨的力。

油灯像野火一样,映出
——从各个角落来的——
夜的醒者
醉汉
浪客
过路的盗
偷牛的贼……

"酒,酒,酒
我们要喝。"

三

……
"趁着星光,发抖
　我们走……"
阔笑在田堤上煽起……
一群酒徒,离了
沉睡的村,向
沉睡的原野
　哗然地走去……

夜,透明的
夜!

　　　　　　　　一九三二年九月十日

大堰河——我的保姆

大堰河,是我的保姆。
她的名字就是生她的村庄的名字,
她是童养媳,
大堰河,是我的保姆。

我是地主的儿子;
也是吃了大堰河的奶而长大了的
大堰河的儿子。
大堰河以养育我而养育她的家,
而我,是吃了你的奶而被养育了的,
大堰河啊,我的保姆。

大堰河,今天我看到雪使我想起了你:
你的被雪压着的草盖的坟墓,
你的关闭了的故居檐头的枯死的瓦菲,
你的被典押了的一丈平方的园地,
你的门前的长了青苔的石椅,
大堰河,今天我看到雪使我想起了你。

你用你厚大的手掌把我抱在怀里,抚摸我;

在你搭好了灶火之后，
在你拍去了围裙上的炭灰之后，
在你尝到饭已煮熟了之后，
在你把乌黑的酱碗放到乌黑的桌子上之后，
在你补好了儿子们的为山腰的荆棘
　扯破的衣服之后，
在你把小儿被柴刀砍伤了的手包好之后，
在你把夫儿们的衬衣上的虱子
　一颗颗的掐死之后，
在你拿起了今天的第一颗鸡蛋之后，
你用你厚大的手掌把我抱在怀里，抚摸我。

我是地主的儿子，
在我吃光了你大堰河的奶之后，
我被生我的父母领回到自己的家里。
啊，大堰河，你为什么要哭？

我做了生我的父母家里的新客了！
我摸着红漆雕花的家具，
我摸着父母的睡床上金色的花纹，
我呆呆地看着檐头的我不认得的
　"天伦叙乐"的匾，
我摸着新换上的衣服的丝的和贝壳的纽扣，
我看着母亲怀里的不熟识的妹妹，
我坐着油漆过的安了火钵的炕凳，
我吃着碾了三番的白米的饭，
　但，我是这般忸怩不安！因为我
我做了生我的父母家里的新客了。

大堰河,为了生活,
在她流尽了她的乳液之后,
她就开始用抱过我的两臂劳动了,
她含着笑,洗着我们的衣服,
她含着笑,提着菜篮到村边的结冰的池塘去,
她含着笑,切着冰屑窸索的萝卜,
她含着笑,用手掏着猪吃的麦糟,
她含着笑,扇着炖肉的炉子的火,
她含着笑,背了团箕到广场上去
　晒好那些大豆和小麦,
大堰河,为了生活,
在她流尽了她的乳液之后,
她就用抱过我的两臂,劳动了。

大堰河,深爱着她的乳儿;
在年节里,为了他,忙着切那冬米的糖,
为了他,常悄悄地走到村边的她的家里去,
为了他,走到她的身边叫一声"妈",
大堰河,把他画的大红大绿的关云长
　贴在灶边的墙上,
大堰河,会对她的邻居夸口赞美她的乳儿;
大堰河曾做了一个不能对人说的梦:
在梦里,她吃着她的乳儿的婚酒,
坐在辉煌的结彩的堂上,
而她的娇美的媳妇亲切的叫她"婆婆"
……
大堰河,深爱她的乳儿!

大堰河,在她的梦没有做醒的时候已死了。

她死时,乳儿不在她的旁侧,
她死时,平时打骂她的丈夫也为她流泪,
五个儿子,个个哭得很悲,
她死时,轻轻地呼着她的乳儿的名字,
大堰河,已死了,
她死时,乳儿不在她的旁侧。

大堰河,含泪的去了!
同着四十几年的人世生活的凌侮,
同着数不尽的奴隶的凄苦,
同着四块钱的棺材和几束稻草,
同着几尺长方的埋棺材的土地,
同着一手把的纸钱的灰,
大堰河,她含泪的去了。

这是大堰河所不知道的:
她的醉酒的丈夫已死去,
大儿做了土匪,
第二个死在炮火的烟里,
第三,第四,第五
在师傅和地主的叱骂声里过着日子。
而我,我是在写着给予这不公道的世界的咒语。
当我经了长长的飘泊回到故土时,
在山腰里,田野上,
兄弟们碰见时,是比六七年前更要亲密!
这,这是为你,静静的睡着的大堰河
所不知道的啊!

大堰河,今天,你的乳儿是在狱里,

写着一首呈给你的赞美诗,
呈给你黄土下紫色的灵魂,
呈给你拥抱过我的直伸着的手
呈给你吻过我的唇,
呈给你泥黑的温柔的脸颜,
呈给你养育了我的乳房,
呈给你的儿子们,我的兄弟们,
呈给大地上一切的,
我的大堰河般的保姆和她们的儿子,
呈给爱我如爱她自己的儿子般的大堰河。

大堰河,
我是吃了你的奶而长大了的
你的儿子,
我敬你
爱你!

一九三三年一月十四日 雪朝

叫 喊

在彻响声里
太阳张开了炬光的眼,
在彻响声里
风伸出温柔的臂,
在彻响声里
城市醒来……

这是春,
这是春的上午,

我从阴暗处
怅望着
白的亮的宇宙,
那里,
生命是转动着的,
那里,
时间像一个驰着的轮子,
那里,
光在翩翩的飞……

我从阴暗处
怅望着
白的亮的
波涛般跳跃着的宇宙,

那是生活的叫喊着的海啊!

一九三三年三月十三日

芦　笛
——纪念故诗人阿波里内尔

J'avais un mirliton que je

> n'aurais pas échangé contre un bâton de maréchal de France.
>
> ——G. Apollinaire[①]

我从你彩色的欧罗巴
带回了一支芦笛,
同着它,
我曾在大西洋边
像在自己家里般走着,
如今
你的诗集"Alcool"[②]是在上海的巡捕房里,
我是"犯了罪"的,
在这里
芦笛也是禁物。
我想起那支芦笛啊,
它是我对于欧罗巴的最真挚的回忆,
阿波里内尔君,
你不仅是个波兰人
因为你
在我的眼里,
真是一节流传在蒙马特的故事,
那冗长的,
　惑人的,
由玛格丽特震颤的褪了脂粉的唇边
吐出的堇色的故事。
谁不应该朝向那

---

① 法文,当年我有一支芦笛,拿法国大元帅的节杖我也不换。——阿波里内尔
② 法文,酒。

白里安和俾士麦的版图
吐上轻蔑的唾液呢——
那在眼角里充溢着贪婪,
卑污的盗贼的欧罗巴!
但是,
我耽爱着你的欧罗巴啊,
波特莱尔和兰布的欧罗巴。
在那里,
我曾饿着肚子
把芦笛自矜的吹,
人们嘲笑我的姿态,
因为那是我的姿态呀!
人们听不惯我的歌,
因为那是我的歌呀!
滚吧
你们这些曾唱了《马赛曲》,
而现在正在淫污着那
光荣的胜利的东西!
今天,
我是在巴士底狱里,
不,不是那巴黎的巴士底狱。
芦笛并不在我的身边,
铁镣也比我的歌声更响,
但我要发誓——对于芦笛,
为了它是在痛苦的被辱着,
我将像一七八九年似的
向灼肉的火焰里伸进我的手去!
在它出来的日子,
将吹送出

对于凌侮过它的世界的
毁灭的咒诅的歌。
而且我要将它高高地举起,
以悲壮的 Hymne①
把它送给海,
送给海的波,
粗野的嘶着的
海的波啊!

一九三三年三月二十八日

巴　　黎

巴黎
在你的面前
黎明的,黄昏的
中午的,深宵的
——我看见
你有你自己个性的
愤怒,欢乐
悲痛,嬉戏和激昂!
整天里
你,无止息的
用手捶着自己的心肝
捶!捶!

---

① 法文,颂歌。

或者伸着颈,直向高空
嘶喊!
或者垂头丧气,锁上了眼帘
沉于阴邃的思索,
也或者散乱着金丝的长发
澈声歌唱,
也或者
解散了绯红的衣裤
赤裸着一片鲜美的肉
任性的淫荡……你!
尽只是朝向我
和朝向几十万的移民
送出了
强韧的,诱惑的招徕……
巴黎,
你患了歇斯底里的美丽的妓女!
……
看一排排的电车
往长道的顶间
逝去……
却又一排排地来了!
听,电铃
叮叮叮叮叮地飞过……
群众的洪流
从大街流来
分向各个小弄,
又从各个小弄,折回
成为洪流,
聚集在

大街上

广场上

一刻也不停的

冲荡!

冲荡!

一致的呼嚷

徘徊在：

成堆成垒的

建筑物的四面,

和纪念碑的尖顶

和铜像的周围

和大商铺的门前……

手牵手的大商场啊,

在阳光里

电光里

永远的映照出

翩翩的

节日的

Severini① 的"斑斑舞蹈"般

辉煌的画幅……

从 Radio②

和拍卖场上的奏乐,

和冲击的

巨大的力的

劳动的

叫嚣——

---

① 意大利现代画家。
② 法文,无线电广播。

豪华的赞歌,
光荣之高夸的词句,
钢铁的诗章——
同着一篇篇的由
公共汽车,电车,地道车充当
响亮的字母,
柏油街,轨道,行人路是明快的句子,
轮子+轮子+轮子是跳动的读点
汽笛+汽笛+汽笛是惊叹号! ——
所凑合拢来的无限长的美文
张开了:一切派别的派别者的
多般的嘴,
一切奇瑰的装束
和一切新鲜的叫喊的合唱啊!
你是——
所有的"个人"
和他们微妙的"个性"
朝向群众
像无数水滴。消失了
和着万人
汇合而成为——
最伟大的
最疯狂的
最怪异的"个性"。
你是怪诞的,巴黎!
多少世纪了
各个年代和各个人事的变换,
用
它们自己所爱好的彩色

在你的脸上加彩涂抹,
每个生命,每次行动
每次杀戮,和那跨过你的背脊的战争,
甚至于小小的婚宴,
都同着
路易十六的走上断头台
革命
暴动
公社的诞生
攻打巴士底一样的
具有不可磨灭的意义!
而且忠诚地记录着:
你的成长
你的年龄,
你的性格和气质
和你的欢喜以及悲哀。
巴黎
你是健强的!
你火焰冲天所发出的磁力
吸引了全世界上
各个国度的各个种族的人们,
怀着冒险的心理
奔向你
去爱你吻你
或者恨你到透骨!
——你不知道
我是从怎样的遥远的草堆里
跳出,
朝向你

伸出了我震颤的臂
而鞭策了自己
直到使我深深的受苦!
巴黎
你这珍奇的创造啊
直叫人勇于生活
像勇于死亡一样的鲁莽!
你用了
春药,拿破仑的铸像,酒精,凯旋门
铁塔,女性
卢佛尔博物馆,歌剧院
交易所,银行
招致了:
整个地球上的——
白痴,赌徒,淫棍
酒徒,大腹贾,
野心家,拳击师
空想者,投机者们……
啊,巴黎!
为了你的嫣然一笑
已使得多少人们
抛弃了
深深的爱着的他们的家园,
迷失在你的暧昧的青睐里,
几十万人
都化尽了他们的精力
流干了劳动的汗
去祈求你
能给他们以些须的同情

和些须的爱怜!
但是
你——
庞大的都会啊
却是这样的一个
铁石心肠的生物!
我们终于
以痛苦,失败的沮丧
而益增强了
你放射着的光彩
你的傲慢! 而你
却抛弃众人在悲恸里
像废物一般的
毫无惋惜!
巴黎,
我恨你像爱你似的坚强:
莫笑我将空垂着两臂
走上了懊丧的归途,
我还年轻!
而且
从生活之沙场上所溃败了的
决不只是我这孤单的一个!
——他们实在比为你所宠爱的
人数要多得可怕!
我们都要
在远离着你的地方
——经历些时日吧
以磨炼我们的筋骨
等时间到了

就整饬着队伍
兴兵而来!
那时啊
我们将是攻打你的先锋,
当克服了你时
我们将要
娱乐你
拥抱着你
要你在我们的臂上
癫笑歌唱!
巴黎,你——噫,
这淫荡的
淫荡的
妖艳的姑娘!

马　　赛

如今
无定的行旅已把我抛到这
陌生的海角的边滩上了。

看城市的街道
摆荡着,
货车也像醉汉一样颠扑,
不平的路
使车辆如村妇般
连咒带骂地滚过……

在路边
无数商铺的前面
潜伏着
期待着
看不见的计谋,
和看不见的欺瞒……
市集的喧声
像出自运动场上的千万观众的喝彩声般
从街头的那边
冲击地
播送而来……
接连不断的行人,
匆忙地,
踉跄地,
在我这迟缓的脚步旁边拥去……
他们的眼都一致地
观望他们的前面
——如海洋上夜里的船只
朝向灯塔所指示的路,
像有着生活之幸福的火焰
在茫茫的远处向他们招手
……
在你这陌生的城市里,
我的快乐和悲哀,
都同样地感到单调而又孤独!
像唯一的骆驼,
在无限风飘的沙漠中,
寂寞地寂寞地跨过……
街头群众的欢腾的呼嚷,

也像飓风所煽起的砂石,
向我这不安的心头
不可抗地飞来……
午时的太阳,
是中了酒毒的眼,
放射着混沌的愤怒
和混沌的悲哀……
它
嫖客般
凝视着
厂房之排列与排列之间所伸出的
高高的烟囱。
烟囱!
你这为资本所奸淫了的女子!
头顶上
忧郁的流散着
弃妇之披发般的黑色的煤烟……
多量的
装货的麻袋,
像肺结核病患者的灰色的痰似的
从厂旁的门口,
不停地吐出……看!
工人们摇摇摆摆地来了!
如这重病的工厂
是养育他们的母亲——
保持着血统
他们也像她一样的肌瘦枯干!
他们前进时
溅出了杳杂的言语,

而且
一直把繁琐的会话,
带到电车上去,
和着不止的狂笑
和着习惯的手势
和着红葡萄酒的
空了的瓶子。

海岸的码头上,
堆货栈
和转运公司
和大商场的广告,
强硬的屹立着
像林间的盗
等待着及时而来的财物。
那大邮轮
就以熟识的眼对看着它们
并且彼此相理解地喧谈。
若说它们之间的
震响的
冗长的言语
是以钢铁和矿石的词句的,
那起重机和搬运车
就是它们的怪奇的嘴。
这大邮轮啊
世界上最堂皇的绑匪!
几年前
我在它的肚子里
就当一条米虫般带到此地来时,

已看到了
它的大肚子的可怕的容量。
它的饕餮的鲸吞
能使东方的丰饶的土地
遭难得
比经了蝗虫的打击和旱灾
还要广大,深邃而不可救援!
半个世纪以来
已使得几个民族在它们的史页上
涂满了污血和耻辱的泪……
而我——
这败颓的少年啊,
就是那些民族当中
几万万里的一员!
今天
大邮轮将又把我
重新以无关心的手势,
抛到它的肚子里,
像另外的
成百成千的旅行者们一样。
马赛!
当我临走时
我高呼着你的名字!
而且我
以深深了解你的罪恶和秘密的眼,
依恋地
不忍舍去地看着你,
看着这海角的沙滩上
叫嚣的

叫嚣的
繁殖着那暴力的
无理性的
你的脸颜和你的
向海洋伸张着的巨臂，
因为你啊
你是财富和贫穷的锁孔，
你是掠夺和剥削的赃库。
马赛啊
你这盗匪的故乡
可怕的城市！

监房的夜

像栖息在海浪不绝的海角上
听风啸有如听我自己的回想
心颠扑的陈年的破旧的船只
永远在海浪与海浪之间飘荡

看夜的步伐比白日更要漫长
守望铁窗像嫌厌久了的辰光
水电厂的彻宵的嚣喧震颤着
在把我那巨流般的生活重唱

昔日我曾寝卧在它的歌唱里
具有一副钢筋铁骨
而且也具有创造者的光荣

今宵它的歌像有意向我揶揄
——如爱者弃我远去
沉溺的浸淫在敌人的怀中

画者的行吟

沿着塞纳河
我想起：
昨夜锣鼓咚咚的梦里
生我的村庄的广场上，
跨过江南和江北的游艺者手里的
那方凄艳的红布，……
——只有西班牙的斗牛场里
有和这一样的红布啊！
爱弗勒铁塔
伸长起
我惆怅着远方童年的记忆……
由铅灰的天上
我俯视着闪光的水的平面，
那里
画着广告的小艇
一只只的驰过……
汽笛的呼嚷一阵阵的带去了
我这浪客的回想
从蒙马特到蒙巴那司，

我终日无目的的走着……
如今啊
我也是个 Bohemien① 了!
——但愿在色彩的领域里
不要有家邦和种族的嗤笑。
在这城市的街头
我痴恋迷失的过着日子,看哪
Chagall 的画幅里
那病于爱情的母牛,
在天际
无力地睁着怀念的两眼,
露西亚田野上的新妇
坐在它的肚下,
挤着香洌的牛乳……
噫!
这片土地
于我是何等舒适!
听呵
从 Cendrars 的歌唱,
像 T. S. F.②的传播
震响着新大陆的高层建筑般
簇新的 Cosmopolite③ 的声音
我——
这世上的生客,
在他自己短促的时间里

---

① 法文,波希米亚人,即流浪汉。
② 法文,无线电报。
③ 英文,国际性的。

怎能不翻起他新奇的欣喜
和新奇的忧郁呢?
生活着
像那方悲哀的红布,
飘动在
人可无懊丧的死去的
　　蓝色的边界里,
永远带着骚音
我过着彩色而明朗的时日;
在最古旧的世界上
唱一支锵锵的歌,
这歌里
以溅血的震颤祈祷着:
愿这片暗绿的大地
将是一切流浪者们的王国。

古宅的造访

静听这
从墙角传来的
角笛的悠长的声音……
在你那里
有个中世纪的巴黎
——远离了喧嚣
蛰伏在圣经里的巴黎。
当我这随着流动的时间

在不断的变形的少年
从遥远的旅舍
经了长长的散步
来到你的居家里时
真像那久久倦游的旅客
走进了一座异地的教堂
——在终日聒叫的城市当中
也得到片刻可贵的安息。
我走上暗暗的楼梯
你引我悄悄的进去
在宽大的无光的房里
回流着古木的气息；
我用感伤的凝视看着：
路易士朝式的家具
波斯纹彩的瓷器
和黑色雕花的书架上的
拉辛,莫利哀,雨果的全集。
当那静静的风
拂动了静静的白的窗帷,
你开始以微温的呼吸
嘘动你大波形的
单薄的胸间衣皱；
停滞在思索里的
幽默的蓝眼
在惴想我幽默的心怀；
你金黄的鬈鬈长发
在我的眼前
展开了一个

幻想的多波涛的海……
沉浸在淡紫的宇宙里，
你安详的摆动着你
丰满的圆润的胸脯
——那使我遥遥的想起
拉飞尔的
充满妩媚的日子……
我以迟缓的眼波
聆听你微颤的金声
给我传述：
神和人的故事
太阳的故事
哀罗丝的故事
和缪塞的诗篇里的
一滴眼泪变成
珍珠的故事……
让我无言的
和你对坐着
在古旧的遗梦里
做一个圣洁的
爱的悠长的漫游吧；
但是，你听呀
那古旧的木制的挂钟
它已露出学究的庄严，
诙谐的
用急促的鸡鸣的音调，
既欢迎我默默的到来
却又催我默默的归去……

我的季候

今天已不能再坐在
公园的长椅上，看鸽群
环步于石像的周围了。
唯有雨滴
做了这里的散步者；
偶尔听见从静寂里喧起的
它的步伐之单调而悠长的声响，
真有不可却的抑郁
袭进你少年的心头啊。
沿着无尽长的人行道，
街树枝头零落的点滴
飘散在你裸露的颈上；
伸手去触围着公园的
　　铁的栏栅，像执着
倦于憎爱的妇女之腻指，
使你感到有太快慰了的
新凉……
这是我的季候……
让我打着断续而扬抑起
直升到空虚里去的
音节之漫长的口哨，
向一切无人走的道上走去……
每当我想起了……初春之
过甚的浮夸，夏的傲慢的

炽烈,并严冬之可叹的
冷酷时,我愿岁岁朝朝
都挽住了这般的
含有无限懊丧的秋色。
乌黑的怨恨,金煌的情爱
它们一样的与我无关;
而对于生命的挂怀,
和什么幸运的热望呀,
已由萧萧初坠的残叶,
告知你以可信的一切了。
秋啊!
你全般灰色的雨滴,
请你伴着我——为了我
已厌倦于听取那些
佯作真理的烦琐的话语——
和我守着可贵的契默,
跨过那
由车轮溅起了
污水的广场,往不知
名的地方流浪去吧!

泡　　影

像这样的夜
承恩于雨滴的抚爱,
枯涩的怀念也该滑进
幻想的荇藻间了吧?

穿过一束荇藻
又是一束荇藻；
从荇藻里漂浮到水面的
是那瞬间即逝的泡影哪……

灯

盼望着能到天边
去那盏灯的下面——
而天是比盼望更远的！
虽然光的箭，已把距离
消灭到乌有了的程度；
但怎么能使我的颤指，
轻轻的抚触一下
那盏灯的辉煌的前额呢？

辽　阔

辽阔的夜，已把
天幕廓成辽阔了！

无垠的辽阔之底
闪着一颗晶莹的星……

你说,那就是
我们的计程碑吗?

辽阔的夜,在辽阔的
天幕之下益显得辽阔了……

窗

在这样绮丽的日子
我悠悠地望着窗
也能望见她
她在我幻想的窗里
我望她也在窗前
用手支着丰满的下颔
而她柔和的眼
则沉浸在思念里

在她思念的眼里
映着一个无边的天
那天的颜色
是梦一般青的
青的天的上面
浮起白的云片了
追踪那云片
她能望见我的影子

是的,她能望见我

也在这样的日子
因我也是生存在
她幻想的窗里的

卖 艺 者

我看着同伴的背,
他背上的
向我笑着的猴子,
大跨着我们的脚步,
穿过森林,渡过江河
向无边际的大地走去……

早晨,我们在
江北的市镇上,
黄昏,我们在
江南的都会里,
一年又一年
叫,喊,笑,哭,
伴着锣鼓的声音跨过……

人将说
我们是天外的移民,
神圣得像盗匪;
我们大吹大擂的到来
又大吹大擂的去……
我们自哪儿来的?

我们往哪儿去呢？

旱荒,饥馑,战争,
把我们逐出
生我们的村庄——
像青草被连根的拔起,
谁能不怀念
那土地的气息?

让烈日与风雨
来侵蚀我们的血肉;
让饥饿与飘泊
来磨折我们的筋骨;
我们应该
向陌生人笑,哭,叫,喊!
我们流浪!
我们死亡!

前年父亲死去
在古蜀的山麓;
今年大哥新亡
在淮水的边上,
我们无声地挖着坟坑
我们无声地埋葬!

"哈!哈!哈!"
冬冬冬!铛铛铛!
我们举起了闪光的刀,
我们摇晃着绯红的布,

我们走过空中的绳索,
我们吞下坚硬的长剑,
这是我们的生活!
我们笑吧,笑吧,
"哈!哈!哈!"

哪儿是我们的故乡?
哪儿是我们的家?

我看着同伴的背,
他背上的
向我笑着的猴子,
大跨着我们的脚步,
穿过森林,渡过江河
向无边际的大地走去……

晨　　歌

拭去你的眼泪吧——
打开窗
让你伏在
金黄的大鹏鸟的翅膀下……

大鹏鸟起飞时
你的梦
会离弃夜的烦忧
和黑暗之畏惧的

让它把你带去!
到无极的海洋
与无风的沙漠
或是阿尔卑斯山之巅

挟着希望的遨游者有福了
愿你借大鹏鸟的羽光
给沉睡的世界,和它的
匍匐着的众生以抚慰吧!

梦

我们挤在一间大房子里
房子是在旷野上的
那些女人把乳头塞住那些小孩的嘴
老人痉挛地摇着头
——想把恐怖从他的头上摆去
这么多的人却没有一点声音
像有火车从远处驰来……
屋角有人在惊叫:
"飞机　飞机　飞机"
啊,
从挤满人的窗下
向铅灰色的天看哪……
"就在我们这房子的上面!"
黑色的巨翼盖满了灰色的天

还是出去吧
不论老的和带着小孩的
让不会走的给背去!
哪儿来的这么多人
快点离开这房子吧
旷野从什么时候起变成这样了?
没有树　没有草
一片青色到哪儿去了?
还有那些花香呢?
——我好像在这里躺过的
那日子是红的　绿的　黄的　紫的
谁欢喜这烧焦了的气息?
谁欢喜天边的那片混浊的猩红?
不像朝云!不像晚霞!
你们为什么走那边呢
(让小孩不要哭吧)
那一条路可以通到安静的地带吗?
咳,谁能给我们一个指示的手势?
天压得更低了……
又是飞机　飞机
看,那边
扬起了泥土
房子倒了
砖飞得那么高——落下了
啊,是的
所有的树和草都是这样死去的;
但是,我们像树和草吗?
让我们不再走了吧
也不要回到避难所去!

我们应该有一个钢盔
每人应该戴上自己的钢盔。

附记

　　一九三七年春天的一个晚上,我在战争的预感里做了一个梦,这诗是完全依照着那梦记录下来的——连最后的尾巴都是。

春　雨

我愿天不下雨——
让我走出这乌黑的城市里的斗室,
走过那些煤屑铺的小路
慢慢地踱到郊外去,
因为此刻是春天——
毛织物该折好的季候了。
我要看一年开放一次的
桃花与杏花
看青草丛中的溪水,
徐缓地游过去
——像一条银色的大蟒蛇;
看公路旁边的电线上的白鸽,
咕叫着,拍着翅膀的白鸽;
看那些用脚踏车滑过柏油路的少女——
那些少女爱穿短裤
在柔风里飘着她们的鬓发,
一片蔚蓝的天
衬出她们鲜红的两颊

和不止的晴朗的笑……
而我将躺在高岗上，
让白云带着我的心
航过天之海……
我要听那些银铃样的歌声——
来自果树园中的歌声；
那些童年之珍奇的询问；
和那些用风与草编成的情话……
愿啮草的白羊来舐我的手，
我将给篱笆边上的农妇
和她的怀孕的牝牛以祈祷；
而我也将给这远方的，迷失在
煤烟里的城市
和烦忙的人群以怜悯……
但，天却飘起霏霏的雨滴了……

一九三七年三月二十三日　上海

太　阳

从远古的墓茔
从黑暗的年代
从人类死亡之流的那边
震惊沉睡的山脉
若火轮飞旋于沙丘之上
太阳向我滚来……

它以难遮掩的光芒
使生命呼吸
使高树繁枝向它舞蹈
使河流带着狂歌奔向它去

当它来时,我听见
冬蛰的虫蛹转动于地下
群众在旷场上高声说话
城市从远方
用电力与钢铁召唤它

于是我的心胸
被火焰之手撕开
陈腐的灵魂
搁弃在河畔
我乃有对于人类再生之确信

一九三七年春

煤的对话
——A—Y. R.

你住在哪里?

我住在万年的深山里
我住在万年的岩石里

你的年纪——

我的年纪比山的更大
比岩石的更大

你从什么时候沉默的?

从恐龙统治了森林的年代
从地壳第一次震动的年代

你已死在过深的怨愤里了么?

死? 不,不,我还活着——
请给我以火,给我以火!

一九三七年春

春

春天了
龙华的桃花开了
在那些夜间开了
在那些血斑点点的夜间
那些夜是没有星光的
那些夜是刮着风的
那些夜听着寡妇的咽泣
而这古老的土地呀
随时都像一只饥渴的野兽

舐吮着年轻人的血液
顽强的人之子的血液
于是经过了悠长的冬日
经过了冰雪的季节
经过了无限困乏的期待
这些血迹,斑斑的血迹
在神话般的夜里
在东方的深黑的夜里
爆开了无数的蓓蕾
点缀得江南处处是春了
人问:春从何处来?
我说:来自郊外的墓窟。

一九三七年四月

生　　命

有时
我伸出一只赤裸的臂
平放在壁上
让一片白垩的颜色
衬出那赭黄的健康

青色的河流鼓动在土地里
蓝色的静脉鼓动在我的臂膀里

五个手指

是五支新鲜的红色
里面旋流着
土地耕植者的血液

我知道
这是生命
让爱情的苦痛与生活的忧郁
让它去担载罢,
让它喘息在
世纪的辛酸的犁轭下,
让它去欢腾,去烦恼,去笑,去哭罢,
它将鼓舞自己
直到颓然地倒下!

这是应该的
依照我的愿望
在期待着的日子
也将要用自己的悲惨的灰白
去衬映出
新生的跃动的鲜红。

一九三七年四月

浪

你也爱那白浪么——
它会啮啃岩石

更会残忍地折断船橹
　　　　　撕碎布帆

没有一刻静止
它自满地谈述着
从古以来的
航行者的悲惨的故事

或许是无理性的
但它是美丽的

而我却爱那白浪
——当它的泡沫溅到我的身上时
我曾起了被爱者的感激

　　　　　一九三七年五月二日　吴淞炮台

笑

我不相信考古学家——

在几千年之后，
在无人迹的海滨，
在曾是繁华过的废墟上
拾得一根枯骨
——我的枯骨时，
他岂能知道这根枯骨

是曾经了二十世纪的烈焰燃烧过的?

又有谁能在地层里
寻得
那些受尽了磨难的
牺牲者的泪珠呢?
那些泪珠
曾被封禁于千重的铁栅,
却只有一枚钥匙
可以打开那些铁栅的门,
而去夺取那钥匙的无数大勇
却都倒毙在
守卫者的刀枪下了

如能捡得那样的一颗泪珠
藏之枕畔
当比那捞自万丈的海底之贝珠
更晶莹,更晶莹
而彻照万古啊!

我们岂不是
都在自己的年代里
被钉上了十字架么?
而这十字架
决不比拿撒勒人所钉的
较少痛苦。

敌人的手
给我们戴上荆棘的冠冕

从刺破了的惨白的前额
淋下的深红的血点,
也不曾写尽
我们胸中所有的悲愤啊!
诚然
我们不应该有什么奢望,
却只愿有一天
人们想起我们,
像想起远古的那些
和巨兽搏斗过来的祖先,
脸上会浮上一片
安谧而又舒展的笑——
虽然那是太轻松了,
但我却甘愿
为那笑而捐躯!

　　　　　　一九三七年五月八日

黎　　明

当我还不曾起身
两眼闭着
听见了鸟鸣
听见了车声的隆隆
听见了汽笛的嘶叫
我知道
你又叩开白日的门扉了……

黎明,
为了你的到来
我愿站在山坡上,
像欢迎
从田野那边疾奔而来的少女,
向你张开两臂——
因为你,
你有她的纯真的微笑,
和那使我迷恋的草野的清芬。

我怀念那:
同着伙伴提了篾篮
到田堤上的豆棚下
采撷豆荚的美好的时刻啊——
我常进到最密的草丛中去,
让露水浸透了我的草鞋,
泥浆也溅满我的裤管,
这是自然给我的抚慰,
我将狂欢而跳跃……

我也记起
在远方的城市里
在浓雾蒙住建筑物的每个早晨,
我常爱在街上无目的地奔走,
为的是
你带给我以自由的愉悦,
和工作的热情。

但我却不愿
看见你罩上忧愁的面纱——
因我不能到田间去了,
也不能在街上奔跑——
一切都沉默着,
望着阴郁的雨滴徘徊在我的窗前
我会联想到:死亡,战争,
和人间一切的不幸……

黎明啊,
要是你知道我曾对你
有比对自己的恋人
更不敢拂逆和迫切的期待啊——

当我在那些苦难的日子,
悠长的黑夜
把我抛弃在失眠的卧榻上时,
我只会可怜地凝视着东方,
用手按住温热的胸膛里的急迫的心跳
等待着你——
我永远以坚苦的耐心,
希望在铁黑的天与地之间
会裂出一丝白线——
纵使你像故意折磨我似的延迟着,
我永不会绝望,
却只以燃烧着痛苦的嘴
问向东方:
"黎明怎不到来?"

而当我看见了你
披着火焰的外衣,
从天边来到阴暗的窗口时啊——
我像久已为饥渴哭泣得疲乏了的婴孩,
看见母亲为他解开裹住乳房的衣襟
泪眼迸出微笑,
心儿感激着,
我将带着呼唤
带着歌唱
投奔到你温煦的怀里。

　　　　　一九三七年五月二十三日晨

死　　地
——为川灾而作

大地已死了!
——躺开着的那万顷的荒原
是它的尸体

它死在绝望里;
临终时
依然睁着枯干的眼
巴望天顶
落下一颗雨滴……

没有雨滴

甚至一颗也没有

看见的到处是：
像被火烧过的
焦黑的麦穗
与枯黄的麦秆
与龟裂了的土地

那些麻雀呢？
那些曾用小眼
偷看着我们的田鼠呢？

一切都完了！

几千万的"地之子"，
从山坡到山坡，
从田原到田原，
寻找着，寻找着
一根草，一片树叶……

没有草
也没有树叶
——因为每一点绿色
必须有一滴露珠的润泽呀
给我们那些金黄的颗粒吧！
给我们那些
闪着收获者欣喜的汗珠的颗粒吧！

给我们雨滴吧——

让我们的妇女
再唱一次感恩的歌,
让我们
再饮一次酬神的酒吧!
向着天
千万人一齐地跪下

但是
没有雨滴!

几千万的"地之子",
从山坡到山坡,
从田原到田原,
找不到草
找不到树叶
疲乏地喘息着……

哪儿去了?
——那些每年背了征粮的袋子
来搜劫
我们留在坛里的
最后的谷粒的哪儿去了?

还有那些
在讨债时带走了
我们妻女的首饰的人呢?

村上不再有鸡犬的鸣叫
屋顶也不再冒出炊烟了

到处是男人的叹息
女人的咽泣
与孩童的哀号……

于是他们——千万的"地之子"
伸出无数的手
像冬天的林木的枯枝般的手
向死亡的大地的心脏
挖掘食粮

可怜的"地之子"们啊
终于从泥土的滋味
尝到大地母亲蕴藏着的
千载的痛苦。

于是他们
相继地倒毙了!
——像草
像麦秆
在哑了的河畔
在僵硬了的田原。

而那些活着的
他们聚拢了——
像黑色的旋风
从古以来没有比这更大的旋风
卷起了黑色的沙土
在流着光之溶液的天幕下
他们旋舞着愤怒,

旋舞着疯狂……

从死亡的大地
到死亡的大地
你知道
那旋转着,旋转着的
旋风它渴望着什么呢?

我说
如有人点燃了那饥饿之火啊……

一九三七年六月三十日

复活的土地

腐朽的日子
早已沉到河底,
让流水冲洗得
快要不留痕迹了;

河岸上
春天的脚步所经过的地方,
到处是繁花与茂草;
而从那边的丛林里
也传出了
忠心于季节的百鸟之
高亢的歌唱。

播种者呵
是应该播种的时候了,
为了我们肯辛勤地劳作
大地将孕育
金色的颗粒。

就在此刻,
你——悲哀的诗人呀,
也应该拂去往日的忧郁,
让希望苏醒在你自己的
久久负伤着的心里:

因为,我们的曾经死了的大地,
在明朗的天空下
已复活了!
——苦难也已成为记忆,
在它温热的胸膛里
重新漩流着的
将是战斗者的血液。

一九三七年七月六日　沪杭路上

他起来了

他起来了——
从几十年的屈辱里

从敌人为他掘好的深坑旁边

他的额上淋着血
他的胸上也淋着血
但他却笑着
——他从来不曾如此地笑过

他笑着
两眼前望且闪光
像在寻找
那给他倒地的一击的敌人

他起来了
他起来
将比一切兽类更勇猛
又比一切人类更聪明

因为他必须如此
因为他
　　必须从敌人的死亡
夺回来自己的生存

一九三七年十月十二日　杭州

雪落在中国的土地上

雪落在中国的土地上，

寒冷在封锁着中国呀……

风,
像一个太悲哀了的老妇,
紧紧地跟随着
伸出寒冷的指爪
拉扯着行人的衣襟,
用着像土地一样古老的话
一刻也不停地絮聒着……

那丛林间出现的,
赶着马车的
你中国的农夫
戴着皮帽
冒着大雪
你要到哪儿去呢?

告诉你
我也是农人的后裔——
由于你们的
刻满了痛苦的皱纹的脸
我能如此深深地
知道了
生活在草原上的人们的
岁月的艰辛。

而我
也并不比你们快乐啊
——躺在时间的河流上

苦难的浪涛
曾经几次把我吞没而又卷起——
流浪与监禁
已失去了我的青春的
最可贵的日子,
我的生命
也像你们的生命
一样的憔悴呀

雪落在中国的土地上,
寒冷在封锁着中国呀……

沿着雪夜的河流,
一盏小油灯在徐缓地移行,
那破烂的乌篷船里
映着灯光,垂着头
坐着的是谁呀?

——啊,你
蓬发垢面的少妇,
是不是
你的家
——那幸福与温暖的巢穴——
已被暴戾的敌人
烧毁了么?
是不是
也像这样的夜间,
失去了男人的保护,
在死亡的恐怖里

你已经受尽敌人刺刀的戏弄?

咳,就在如此寒冷的今夜,
无数的

我们的年老的母亲,
都蜷伏在不是自己的家里,
就像异邦人
不知明天的车轮
要滚上怎样的路程……
——而且
中国的路
是如此的崎岖
是如此的泥泞呀。
雪落在中国的土地上,
寒冷在封锁着中国呀……

透过雪夜的草原
那些被烽火所啮啃着的地域,
无数的,土地的垦殖者
失去了他们所饲养的家畜
失去了他们肥沃的田地
拥挤在
生活的绝望的污巷里:
饥馑的大地
朝向阴暗的天
伸出乞援的
颤抖着的两臂。

中国的苦痛与灾难
像这雪夜一样广阔而又漫长呀!
雪落在中国的土地上
寒冷在封锁着中国呀……

中国
我的在没有灯光的晚上
所写的无力的诗句
能给你些许的温暖么?

一九三七年十二月二十八日夜间

第二辑 向太阳

我们要战争——直到我们自由了

不要悲哀——
让战争带去古老的中国
让炮火轰毁朽腐的中国

让古老的中国
　穿上寿衣
让古老的中国
　躺进棺木
让古老的中国
　埋到地底去

让我们流着眼泪
送走古老的中国
　　朽腐的中国

送去那
高利贷的
包身工的
学徒的
童养媳的
一切写了卖身契的奴隶的中国

不要怜恤让我们送走那
挤满了鸦片烟鬼的

走私的、流氓的
军阀的
官僚的
汉奸的
敌探的中国

我们要战争呵——

让我们射击那
　闯进我们国土来的盗匪
射击那
　枪杀我们
　　奸淫我们
　　　毁灭我们的日本军队
射击那
　日本帝国主义的
　　无耻的
　　　污秽的皇冠
射击那
带给四万万五千万人以无止境的悲苦的太阳旗
——侵略的标志

高举我们血染的旗帜
在我们所到的地方
用战争的火焰
烧毁那
　束缚我们的枷锁
　囚禁我们的牢监
　抽打我们的皮鞭

和戮杀我们的敌人

我们要战争呵
——直到我们自由了。

　　　　　一九三八年一月十六日

手 推 车

在黄河流过的地域
在无数的枯干了的河底
手推车
以唯一的轮子
发出使阴暗的天穹痉挛的尖音
穿过寒冷与静寂
从这一个山脚
到那一个山脚
彻响着
北国人民的悲哀

在冰雪凝冻的日子
在贫穷的小村与小村之间
手推车
以单独的轮子
刻画在灰黄土层上的深深的辙迹
穿过广阔与荒漠
从这一条路

到那一条路
交织着
北国人民的悲哀

一九三八年初

北　方

　　一天
　　那个科尔沁草原上的诗人
　　对我说：
　　"北方是悲哀的。"

不错
北方是悲哀的。
从塞外吹来的
沙漠风，
已卷去北方的生命的绿色
与时日的光辉
——一片暗淡的灰黄
蒙上一层揭不开的沙雾；
那天边疾奔而至的呼啸

带来了恐怖
疯狂地
扫荡过大地；
荒漠的原野

冻结在十二月的寒风里,
村庄呀,山坡呀,河岸呀,
颓垣与荒冢呀
都披上了土色的忧郁……
孤单的行人,
上身俯前
用手遮住了脸颊,
在风沙里
困苦地呼吸
一步一步地
挣扎着前进……
几只驴子
——那有悲哀的眼
　和疲乏的耳朵的畜生,
载负了土地的
痛苦的重压,
它们厌倦的脚步
徐缓地踏过
北国的
修长而又寂寞的道路……

那些小河早已枯干了
河底也已画满了车辙,
北方的土地和人民
在渴求着
那滋润生命的流泉啊!
枯死的林木
与低矮的住房
稀疏地,阴郁地

散布在灰暗的天幕下；
天上，
看不见太阳，
只有那结成大队的雁群
惶乱的雁群
击着黑色的翅膀
叫出它们的不安与悲苦，
从这荒凉的地域逃亡
逃亡到
绿荫蔽天的南方去了……

北方是悲哀的
而万里的黄河
汹涌着混浊的波涛
给广大的北方
倾泻着灾难与不幸；
而年代的风霜
刻划着
广大的北方的
贫穷与饥饿啊。

而我
——这来自南方的旅客，
却爱这悲哀的北国啊。
扑面的风沙
与入骨的冷气
决不曾使我咒诅；
我爱这悲哀的国土，
一片无垠的荒漠

也引起了我的崇敬
——我看见
我们的祖先
带领了羊群
吹着笳笛
沉浸在这大漠的黄昏里；
我们踏着的
古老的松软的黄土层里
埋有我们祖先的骸骨啊，
——这土地是他们所开垦
几千年了
他们曾在这里
和带给他们以打击的自然相搏斗
他们为保卫土地，
从不曾屈辱过一次，
他们死了
把土地遗留给我们——
我爱这悲哀的国土，
它的广大而瘦瘠的土地
带给我们以淳朴的言语
与宽阔的姿态，
我相信这言语与姿态，
坚强地生活在大地上
永远不会灭亡；
我爱这悲哀的国土，
　　古老的国土
——这国土
养育了为我所爱的
世界上最艰苦

与最古老的种族。

一九三八年二月四日　潼关

骆　驼

你来自塞外的生客啊——
披着无光茸乱的干毛,
迈着这样笨拙的脚步,
你的眼光充满好奇;
而你流着唾沫的嘴,
又那么冷嘲似的笑着……

你咬啃着木头与土块,
又嗅着自己刚撒出的尿水,
你的身上发散着酸臭;
你举起了笨重的长颈,
你的叫声像枭鸟的夜笑;

你走在大街上,
缓慢地摆动着高大的身体,
那可笑的样子啊,
活像刚放下锄头,
第一次跑进城来的农夫;
而你的主人们:
戴着破烂的皮帽,
穿着不合身材的衣服,

脸上的条纹那么宽阔,
表情也那么奇异,
——哪里来的这些笨货啊?

啊——
他们来自北国荒凉的原野,
他们跨越过风与尘土统治之国,
他们在坚忍里消磨年月,
他们从塞外带来黄金与白银,
又从南方运回了异国机械的产物;
而骆驼做了他们行商的船只。

你城市的生客啊
你太辛苦了!
请坐吧,在我们大街的人行道上;
而我们将用帚子来拂去
你峰瘤上的
从遥远的沙漠带来的尘土……

补 衣 妇

补衣妇坐在路旁
行人走过路
路扬起沙土
补衣妇头巾上是沙土
衣服上是沙土

她的孩子哭了
眼泪又被太阳晒干了
她不知道
只是无声地想着她的家
她的被炮火毁掉的家
无声地给人缝补
让孩子的眼
可怜的眼
瞪着空了的篮子
补衣妇坐在路旁
路一直伸向无限
她给行路人补好袜子
行路人走上了路

乞 丐

在北方
乞丐徘徊在黄河的两岸
徘徊在铁道的两旁

在北方
乞丐用最使人厌烦的声音
呐喊着痛苦
说他们来自灾区
来自战地

饥饿是可怕的

它使年老的失去仁慈
年幼的学会憎恨

在北方
乞丐用固执的眼
凝视着你
看你在吃任何食物
和你用指甲剔牙齿的样子

在北方
乞丐伸着永不缩回的手
乌黑的手
要求施舍一个铜子
向任何人
甚至那掏不出一个铜子的兵士

     一九三八年春 陇海道上

向 太 阳

    从远古的墓茔
    从黑暗的年代
    从人类死亡之流的那边
    震惊沉睡的山脉
    若火轮飞旋于沙丘之上
    太阳向我滚来……
      ——引自旧作《太阳》

一 我起来

我起来——
像一只困倦的野兽
受过伤的野兽
从狼藉着败叶的林薮
从冰冷的岩石上
挣扎了好久
支撑着上身
睁开眼睛
向天边寻觅……

我——
是一个
从遥远的山地
从未经开垦的山地
到这几千万人
　　　用他们的手劳作着
　　　用他们的嘴呼嚷着
　　　用他们的脚走着的城市来的
　　　　旅客,
我的身上
酸痛的身上
深刻地留着
风雨的昨夜的
长途奔走的疲劳

但

我终于起来了
我打开窗
用囚犯第一次看见光明的眼
看见了黎明
——这真实的黎明啊

（远方
似乎传来了群众的歌声）
于是　我想到街上去

二　街上

早安呵
你站在十字街头
　　车辆过去时
　举着白袖子的手的警察
早安呵
你来自城外的
　挑着满箩绿色的菜贩
早安呵
你打扫着马路的
　穿着红色背心的清道夫
早安呵
你提了篮子，第一个到菜场去的
　棕色皮肤的年轻的主妇
我相信
昨夜
你们决不像我一样
　　被不停的风雨所追踪

被无止的噩梦所纠缠
你们都比我睡得好啊!

三　昨天

昨天
我在世界上
用可怜的期望
喂养我的日子
像那些未亡人
披着麻缕
用可怜的回忆
喂养她们的日子一样

昨天
我把自己的国土
　当做病院
——而我是患了难于医治的病的
没有哪一天
我不是用迟滞的眼睛
看着这国土的
　没有边际的凄惨的生命……
没有哪一天
我不是用呆钝的耳朵
听着这国土的
　没有止息的痛苦的呻吟

昨天
我把自己关在

精神的牢房里
四面是灰色的高墙
没有声音
我沿着高墙
走着又走着
我的灵魂
不论白日和黑夜
永远的唱着
一曲人类命运的悲歌

昨天
我曾狂奔在
阴暗而低沉的天幕下的
没有太阳的原野
到山巅上去
伏倒在紫色的岩石上
流着温热的眼泪
哭泣我们的世纪

现在好了
一切都过去了

四 日出

> 太阳出来了……
> 当它来时……
> 城市从远方
> 用电力与钢铁召唤它
> ——引自旧作《太阳》

太阳
从远处的高层建筑
——那些水门汀与钢铁所砌成的山
和那成百的烟囱
成千的电线杆子
成万的屋顶
所构成的
密丛的森林里
出来了……

在太平洋
在印度洋
在红海
在地中海
在我最初对世界怀着热望
而航行于无边蓝色的海水上的少年时代
我都曾看着美丽的日出
但此刻
在我所呼吸的城市
喷发着煤油的气息
柏油的气息
混杂的气息的城市
敞开着金属的胴体
矿石的胴体
电火的胴体的城市
宽阔地
承受黎明的爱抚的城市
我看见日出
比所有的日出更美丽

五　太阳之歌

是的
太阳比一切都美丽
比处女
比含露的花朵
比白雪
比蓝的海水
太阳是金红色的圆体
是发光的圆体
是在扩大着的圆体

惠特曼
从太阳得到启示
用海洋一样开阔的胸襟
写出海洋一样开阔的诗篇

凡谷
从太阳得到启示
用燃烧的笔
蘸着燃烧的颜色
画着农夫耕犁大地
画着向日葵

邓肯
从太阳得到启示
用崇高的姿态
披示给我们以自然的旋律

太阳
它更高了
它更亮了
它红得像血

太阳
它使我想起　法兰西　美利坚的革命
想起　博爱　平等　自由
想起　德谟克拉西
想起　《马赛曲》《国际歌》
想起　华盛顿　列宁　孙逸仙
　　　和一切把人类从苦难里拯救出来的
　　　人物的名字

是的
太阳是美的
且是永生的

六　太阳照在

初升的太阳
照在我们的头上
照在我们的久久地低垂着
　不曾抬起过的头上
太阳照着我们的城市和村庄
照着我们的久久地住着
　屈服在不正的权力下的城市和村庄
太阳照着我们的田野、河流和山峦

照着我们的从很久以来
　到处都蠕动着痛苦的灵魂的
　　田野、河流和山峦……

今天
太阳的炫目的光芒
把我们从绝望的睡眠里刺醒了
也从那遮掩着无限痛苦的迷雾里
刺醒了我们的城市和村庄
也从那隐蔽着无边忧郁的烟雾里
刺醒了我们的田野,河流和山峦
我们仰起了沉重的头颅
从濡湿的地面
一致地
向高空呼嚷
"看我们
我们
笑得像太阳!"

七　在太阳下

"看我们
我们
笑得像太阳!"

那边
一个伤兵
支撑着木制的拐杖
沿着长长的墙壁

跨着宽阔的步伐
太阳照在他的脸上
照在他纯朴地笑着的脸上
他一步一步地走着
他不知道我在远处看着他
当他的披着绣有红十字的灰色衣服的
　高大的身体
走近我的时候
这太阳下的真实的姿态
我觉得
比拿破仑的铜像更漂亮
太阳照在
城市的上空

街上的人
这么多,这么多
他们并不曾向我打招呼
但我向他们走去
我看着每一个从我身边走过的人
对他们
我不再感到陌生

太阳照着他们的脸
照着他们的
　　　光洁的,年轻的脸
　　　发皱的,年老的脸
　　　红润的,少女的脸
　　　善良的,老妇的脸
和那一切的

昨天还在惨愁着但今天却笑着的脸
他们都匆忙地
摆动着四肢
在太阳光下
来来去去地走着
　　——好像他们被同一的意欲所驱使似的
他们含着微笑的脸
也好像在一致地说着
"我们爱这日子
不是因为我们
　　看不见自己的苦难
不是因为我们
　　看不见饥饿与死亡
我们爱这日子
是因为这日子给我们
带来了灿烂的明天的
最可信的音讯。"

太阳光
闪烁在古旧的石桥上……

几个少女——
　　那些幸福的象征啊
背着募捐袋
在石桥上
在太阳下
唱着清新的歌
　"我们是天使
　　健康而纯洁

我们的爱人
　　年轻而勇敢
　　有的骑战马
　　驰骋在旷野
　　有的驾飞机
　　飞翔在天空……"
(歌声中断了,她们在向行人募捐)
现在
她们又唱了
　"他们上战场
　　奋勇杀敌人
　　我们在后方
　　慰劳与宣传
　　一天胜利了
　　欢聚在一堂……"
她们的歌声
是如此悠扬
太阳照着她们的
　骄傲地突起的胸脯
和袒露着的两臂
和发出尊严的光辉的前额
她们的歌
飘到桥的那边去了……

　　太阳的光
　　泛滥在街上

　　浴在太阳光里的
　　　街的那边

一群穿着被煤烟弄脏了的衣服的工人
扛抬着一架机器
　　——金属的棱角闪着白光
太阳照在
　他们流汗的脸上
当他们每一步前进时
他们发出缓慢而沉洪的呼声
　"杭——唷
　　杭——唷
　　我们是工人
　　工人最可怜
　　贫穷中诞生
　　劳动里成长
　　一年忙到头
　　为了吃与穿
　　吃又吃不饱
　　穿又穿不暖
　　杭——唷
　　杭——唷
　　自从八一三
　　敌人来进攻
　　工厂被炸掉
　　东西被抢光
　　几千万工友
　　饥饿与流亡
　　我们在后方
　　要加紧劳动
　　为国家生产
　　为抗战流汗

一天胜利了
生活才饱暖
杭——唷
杭——唷……"
他们带着不止的杭唷声
转弯了……

太阳光
泛滥在旷场上
旷场上
成千的穿草黄色制服的士兵
　在操演
他们头上的钢盔
　和枪上的刺刀
闪着白光
他们以严肃的静默
等待着
　那及时的号令
现在
他们开步了
从那整齐的步伐声里
我听见
　"一！二！三！四！
　一！二！三！四！
　我们是从田野来的
　我们是从山村来的
　我们生活在茅屋
　我们呼吸在畜棚
　我们耕犁着田地

田地是我们的生命
但今天
敌人来到我们的家乡
我们的茅屋被烧掉
我们的牲口被吃光
我们的父母被杀死
我们的妻女被强奸
我们没有了镰刀与锄头
只有背上了子弹与枪炮
我们要用闪光的刺刀
抢回我们的田地
回到我们的家乡
消灭我们的敌人
敌人的脚踏到哪里
敌人的血流到哪里……
……
一！二！三！四！
一！二！三！四！
……"
这真是何等的奇遇啊……

八　今天

今天
奔走在太阳的路上
我不再垂着头
　把手插在裤袋里了
嘴也不再吹那寂寞的口哨
不看天边的流云

不彷徨在人行道

今天
在太阳照着的人群当中
我决不专心寻觅
那些像我自己一样惨愁的脸孔了

今天
太阳吻着我昨夜流过泪的脸颊
吻着我被人世间的丑恶厌倦了的眼睛
吻着我为正义喊哑了声音的嘴唇
吻着我这未老先衰的
啊！快要佝偻了的背脊

今天
我听见
太阳对我说
"向我来
从今天
你应该快乐些呵……"

于是
被这新生的日子所蛊惑
我欢喜清晨郊外的军号的悠远的声音
我欢喜拥挤在忙乱的人丛里
我欢喜从街头敲打过去的锣鼓的声音
我欢喜马戏班的演技
　当我看见了那些原始的，粗暴的，健康的运动
　我会深深地爱着它们

——像我深深地爱着太阳一样

今天
我感谢太阳
太阳召回了我的童年了

九　我向太阳

我奔驰
依旧乘着热情的轮子
太阳在我的头上
用不能再比这更强烈的光芒
燃灼着我的肉体
由于它的热力的鼓舞
我用嘶哑的声音
歌唱了：
　"于是,我的心胸
　被火焰之手撕开
　陈腐的灵魂
　搁弃在河畔……"
这时候
我对我所看见　所听见
感到了从未有过的宽怀与热爱
我甚至想在这光明的际会中死去……

　　　　　　　一九三八年四月　在武昌

人　皮

敌人已败退了——
剩下的是乱石与颓垣
是焚烧过的一片
没有草、没有野花
村野已极荒凉了……
只有那无人走的路边
还留着几棵小树
风吹动着它们
在它们的枝叶间
发出幽微的哀叹的声响……
在一棵小树上
在闪着灰光的叶子的树枝上
倒悬着一张破烂的人皮
涂满了污血的人皮
这人皮
像一件血染的破衣
向这荒凉的土地
披露着无比深长的痛苦……

……这是从中国女人身上剥下的
一张人皮……
不幸的女子啊！
炮火已轰毁了她的家
轰毁了她的孩子，她的亲人

轰毁了她的维系生命的一切
不知是为了不驯从羞辱的戏弄呢
还是为了尊严而倔强的反抗呢
敌人把她处死了——
剥下了她的皮
剥下了无助的中国女人的皮
在树上悬挂着
悬挂着
为的是恫吓英勇的中国人民

无数的苍蝇
就在这人皮上麇集
人皮的下面
是腐烂发臭的一堆
血、肉、泥土,已混合在一起……
而挟着灰色尘埃的风
在把这腐臭的气息
吹送到遥远的、遥远的四方去……

中国人啊,
今天你必须
把这人皮
当做旗帜,
悬挂着
悬挂着
永远地在你最鲜明的记忆里
让它唤醒你——
你必须记住这是中国的土地
这是中国人用憎与爱,

血与泪,生存与死亡所垦殖着的土地;
你更须记住日本军队
法西斯强盗曾在这里经过,
曾占领过这片土地
曾在这土地上
给中国人民以亘古未有的
劫掠,焚烧,奸淫与杀戮!

      一九三八年七月三日

黄　昏

黄昏的林子是黑色而柔和的
林子里的池沼是闪着白光的
而使我沉溺地承受它的抚慰的风啊
一阵阵地带给我以田野的气息……

我永远是田野气息的爱好者啊……
无论我飘泊在哪里
当黄昏时走在田野上
那如此不可排遣地困惑着我的心的
是对于故乡路上的畜粪的气息
和村边的畜棚里的干草的气息的记忆啊……

    一九三八年七月十六日黄昏　武昌

我爱这土地

假如我是一只鸟,
我也应该用嘶哑的喉咙歌唱:
这被暴风雨所打击着的土地,
这永远汹涌着我们的悲愤的河流,
这无止息地吹刮着的激怒的风,
和那来自林间的无比温柔的黎明……
——然后我死了,
连羽毛也腐烂在土地里面。

为什么我的眼里常含泪水?
因为我对这土地爱得深沉……

一九三八年十一月十七日

冬日的林子

我欢喜走过冬日的林子——
没有阳光的冬日的林子
干燥的风吹着的冬日的林子
天像要下雪的冬日的林子

没有色泽的冬日是可爱的

没有鸟的聒噪的冬日是可爱的
冬日的林子里一个人走着是幸福的
我将如猎者般轻悄地走过
而我决不想猎获什么……

一九三九年二月十五日

吹 号 者

  好像曾经听到人家说过,吹号者的命运是悲苦的,当他用自己的呼吸磨擦了号角的铜皮使号角发出声响的时候,常常有细到看不见的血丝,随着号声飞出来……
  吹号者的脸常常是苍黄的……

一

在那些蜷卧在铺散着稻草的地面上的
  困倦的人群里,
在那些穿着灰布衣服的污秽的人群里,
他最先醒来——
他醒来显得如此突兀
每天都好像被惊醒似的,
是的,他是被惊醒的,
惊醒他的
是黎明所乘的车辆的轮子
滚在天边的声音。

他睁开了眼睛,
在通宵不熄的微弱的灯光里
他看见了那挂在身边的号角,
他困惑地凝视着它
好像那些刚从睡眠中醒来
第一眼就看见自己心爱的恋人的人
一样欢喜——
在生活注定给他的日子当中
他不能不爱他的号角;

号角是美的——
它的通身
发着健康的光彩,
它的颈上
结着绯红的流苏。

吹号者从铺散着稻草的地面上起来了,
他不埋怨自己是睡在如此潮湿的泥地上,
他轻捷地绑好了裹腿,
他用冰冷的水洗过了脸,
他看着那些发出困乏的鼾声的同伴,
于是他伸手携去了他的号角;
门外依然是一片黝黑,
黎明没有到来,
那惊醒他的
是他自己对于黎明的
过于殷切的想望。

他走上了山坡,

在那山坡上伫立了很久,
终于他看见这每天都显现的奇迹:
黑夜收敛起她那神秘的帷幔,
群星倦了,一颗颗地散去……
黎明——这时间的新嫁娘啊
乘上有金色轮子的车辆
从天的那边到来……
我们的世界为了迎接她,
已在东方张挂了万丈的曙光……
看,
天地间在举行着最隆重的典礼……

二

现在他开始了,
站在蓝得透明的天穹的下面,
他开始以原野给他的清新的呼吸
吹送到号角里去,
——也夹带着纤细的血丝么?
使号角由于感激
以清新的声响还给原野,
——他以对于丰美的黎明的倾慕
吹起了起身号,
那声响流荡得多么辽远啊……
世界上的一切,
充溢着欢愉
承受了这号角的召唤……

林子醒了

传出一阵阵鸟雀的喧吵,
河流醒了
召引着马群去饮水,
村野醒了
农妇匆忙地从堤岸上走过,
旷场醒了
穿着灰布衣服的人群
从披着晨曦的破屋中出来,
拥挤着又排列着……

于是,他离开了山坡,
又把自己消失到那
无数的灰色的行列中去。
他吹过了吃饭号,
又吹过了集合号,
而当太阳以轰响的光彩
辉煌了整个天穹的时候,
他以催促的热情
吹出了出发号。

三

那道路
是一直伸向永远没有止点的天边去的,
那道路
是以成万人的脚踩踏着
成千的车轮滚碾着的泥泞铺成的,
那道路
连结着一个村庄又连结一个村庄,

那道路
爬过了一个土坡又爬过一个土坡,
而现在
太阳给那道路镀上了黄金了,
而我们的吹号者
在阳光照着的长长的队伍的最前面,
以行进号
给前进着的步伐
做了优美的拍节……

四

灰色的人群
散布在广阔的原野上,
今日的原野呵,
已用展向无限去的暗绿的苗草
给我们布置成庄严的祭坛了:
听,震耳的巨响
响在天边,
我们呼吸着泥土与草混合着的香味,
却也呼吸着来自远方的烟火的气息,
我们蛰伏在战壕里,
沉默而严肃地期待着一个命令,
像临盆的产妇
痛楚地期待着一个婴儿的诞生,
我们的心胸
从来未曾有像今天这样充溢着爱情,
在时代安排给我们的
——也是自己预定给自己的

生命之终极的日子里,
我们没有一个不是以圣洁的意志
准备着获取在战斗中死去的光荣啊!

五

于是,惨酷的战斗开始了——
无数千万的战士
在闪光的惊觉中跃出了战壕,
广大的,急剧的奔跑
威胁着敌人地向前移动……
在震撼天地的冲杀声里,
在决不回头的一致的步伐里,
在狂流般奔涌着的人群里,
在紧密的连续的爆炸声里,
我们的吹号者
以生命所给与他的鼓舞,
一面奔跑,一面吹出了那
短促的,急迫的,激昂的,
在死亡之前决不中止的冲锋号,
那声音高过了一切,
又比一切都美丽,
正当他由于一种不能闪避的启示
任情地吐出胜利的祝祷的时候,
他被一颗旋转过他的心胸的子弹打中了!
他寂然地倒下去
没有一个人曾看见他倒下去,
他倒在那直到最后一刻
　都深深地爱着的土地上,

然而,他的手
却依然紧紧地握着那号角;

在那号角滑溜的铜皮上,
映出了死者的血
和他的惨白的面容;
也映出了永远奔跑不完的
　　带着射击前进的人群,
　　和嘶鸣的马匹,
　　和隆隆的车辆……
而太阳,太阳
使那号角射出闪闪的光芒……

听啊,
那号角好像依然在响……

一九三九年三月末

他死在第二次

一　异床

等他醒来时
他已睡在异床上
他知道自己还活着
两个弟兄抬着他
他们都不说话

天气冻结在寒风里
云低沉而移动
风静默地摆动树梢
他们急速地
抬着舁床
穿过冬日的林子

经过了烧灼的痛楚
他的心现在已安静了
像刚经过了可怕的恶斗的战场
现在也已安静了一样

然而他的血
从他的臂上渗透了绷纱布
依然一滴一滴地
淋滴在祖国的冬季的路上

就在当天晚上
朝向和他的舁床相反的方向
那比以前更大十倍的庄严的行列
以万人的脚步
擦去了他的血滴所留下的紫红的斑迹

二　医院

我们的枪哪儿去了呢
还有我们的涂满血渍的衣服呢
另外的弟兄戴上我们的钢盔

我们穿上了绣有红十字的棉衣
我们躺着又躺着
看着无数的被金属的溶液
和瓦斯的毒气所啮蚀过的肉体
每个都以疑惧的深黑的眼
和连续不止的呻吟
迎送着无数的日子
像迎送着黑色棺材的行列
在我们这里
没有谁的痛苦
会比谁少些的
大家都以仅有的生命
为了抵挡敌人的进攻
迎接了酷烈的射击——
我们都曾把自己的血
流洒在我们所守卫的地方啊……
但今天,我们是躺着又躺着
人们说这是我们的光荣
我们却不要这样啊
我们躺着,心中怀念着战场
比怀念自己生长的村庄更亲切
我们依然欢喜在
烽火中奔驰前进啊
而我们,今天,我们
竟像一只被捆绑了的野兽
呻吟在铁床上
——我们痛苦着,期待着
要到何时呢?

三 手

每天在一定的时候到来
那女护士穿着白衣,戴着白帽
无言地走出去又走进来
解开负伤者的伤口的绷纱布
轻轻地扯去药水棉花
从伤口洗去发臭的脓与血
纤细的手指是那么轻巧
我们不会有这样的妻子
我们的姊妹也不是这样的
洗去了脓与血又把伤口包扎
那么轻巧,都用她的十个手指
都用她那纤细洁白的手指
在那十个手指的某一个上闪着金光
那金光晃动在我们的伤口
也晃动在我们的心的某个角落……
她走了仍是无言地
她无言地走了后我看着自己的一只手
这是曾经拿过锄头又举过枪的手
为劳作磨成笨拙而又粗糙的手
现在却无力地搁在胸前
长在负了伤的臂上的手啊
看着自己的手也看着她的手
想着又苦恼着,
苦恼着又想着,
究竟是什么缘分啊
这两种手竟也被搁在一起?

四　愈合

时间在空虚里过去
他走出了医院
像一个囚犯走出了牢监
身上也脱去笨重的棉衣
换上单薄的灰布制服
前襟依然绣着一个红色的十字
自由,阳光,世界已走到了春天
无数的人们在街上
使他感到陌生而又亲切啊
太阳强烈地照在街上
从长期的沉睡中惊醒的
生命,在光辉里跃动
人们匆忙地走过
只有他仍是如此困倦
谁都不曾看见他——
一个伤兵,今天他的创口
已愈合了,他欢喜
但他更严重地知道
这愈合所含有的更深的意义
只有此刻他才觉得
自己是一个兵士
一个兵士必须在战争中受伤
伤好了必须再去参加战争
他想着又走着
步伐显得多么不自然啊
他的脸色很难看

人们走着,谁都不曾
看见他脸上的一片痛苦啊
只有太阳,从电杆顶上
伸下闪光的手指
抚慰着他的惨黄的脸
那在痛苦里微笑着的脸……

五 姿态

他披着有红十字的灰布衣服
让两襟摊开着,让两袖悬挂着
他走在夜的城市的宽直的大街上
他走在使他感到陶醉的城市的大街上
四周喧腾的声音,人群的声音
车辆的声音,喇叭和警笛的声音
在紧迫地拥挤着他,推动着他,刺激着他,
在那些平坦的人行道上
在那些炫目的电光下
在那些滑溜的柏油路上
在那些新式汽车的行列的旁边
在那些穿着艳服的女人面前
他显得多么褴褛啊
而他却似乎突然想把脚步放宽些
(因为他今天穿有光荣的袍子)
他觉得他是应该
以这样的姿态走在世界上的
也只有和他一样的人才应该
以这样的姿态走在世界上的
然而,当他觉得这样地走着

——昂着头,披着灰布的制服,跨着大步
感到人们的眼都在看着他的脚步时
他的浴在电光里的脸
却又羞愧地红起来了
为的是怕那些人们
已猜到了他心中的秘密——
其实人家并不曾注意到他啊

六 田野

这是一个晴朗的日子
他向田野走去
像有什么向他召呼似的

今天,他的脚踏在
田堤的温软的泥土上
使他感到莫名的欢喜
他脱下鞋子
把脚浸到浅水沟里
又用手拍弄着流水
多久了——他生活在
由符号所支配的日子里
而他的未来的日子
也将由符号去支配
但今天,他必须在田野上
就算最后一次也罢
找寻那向他招呼的东西
那东西他自己也不晓得是什么
他看见了水田

他看见一个农夫

他看见了耕牛

一切都一样啊

到处都一样啊

——人们说这是中国

树是绿了,地上长满了草

那些泥墙,更远的地方

那些瓦屋,人们走着

——他想起人们说这是中国

他走着,他走着

这是什么日子呀

他竟这样愚蠢而快乐

年节里也没有这样快乐呀

一切都在闪着光辉

到处都在闪着光辉

他向那正在忙碌的农夫笑

他自己也不晓得为什么笑

农夫也没有看见他的笑

七 一瞥

沿着那伸展到城郊去的

林荫路,他在浓蓝的阴影里走着

避开刺眼的阳光,在阴暗里

他看见:那些马车,轻快地

滚过,里面坐着一些

穿得那么整齐的男女青年

从他们的嘴里飘出笑声

和使他不安的响亮的谈话

他走着,像一个衰惫的老人
慢慢地,他走近一个公园
在公园的进口的地方
在那大理石的拱门的脚旁
他看见:一个残废了的兵士
他的心突然被一种感觉所惊醒
于是他想着:或许这残废的弟兄
比大家都更英勇,或许
他也曾愿望自己葬身在战场
但现在,他必须躺着呻吟着
呻吟着又躺着
过他生命的残年
啊,谁能忍心看这样子
谁看了心中也要烧起了仇恨
让我们再去战争吧
让我们在战争中愉快地死去
却不要让我们只剩了一条腿回来
哭泣在众人的面前
伸着污秽的饥饿的手
求乞同情的施舍啊!

八　递换

他脱去了那绣有红十字的灰布制服
又穿上了几个月之前的草绿色的军装
那军装的血渍到哪儿去了呢
而那被子弹穿破的地方也已经缝补过了
他穿着它,心中起了一阵激动
这激动比他初入伍时的更深沉

他好像觉得这军装和那有红十字的制服
有着一种永远拉不开的联系似的
他们将永远穿着它们,递换着它们
是的,递换着它们,这是应该的
一个兵士,在自己的
祖国解放的战争没有结束之前
这两种制服是他生命的旗帜
这样的旗帜应该激剧地
飘动在被践踏的祖国的土地上……

九　欢送

以接连不断的爆竹声作为引导
以使整个街衢都激动的号角声作为引导
以挤集在长街两旁的群众的呼声作为引导
让我们走在众人的愿望所铺成的道上吧
让我们走在从今日的世界到明日的世界的道上吧
让我们走在那每个未来者都将以感激来追忆的
　道上吧
我们的胸膛高挺
我们的步伐齐整
我们在人群所砌成的短墙中间走过
我们在自信与骄傲的中间走过
我们的心除了光荣不再想起什么
我们除了追踪光荣不再想起什么
我们除了为追踪光荣而欣然赴死不再
　想起什么……

十 一念

你曾否知道
死是什么东西?
——活着,死去,
虫与花草
也在生命的蜕变中蜕化着……
这里面,你所能想起的
是什么呢?
当兵,不错,
把生命交给了战争
死在河畔!
死在旷野!
冷露凝冻了我们的胸膛
尸体腐烂在野草丛里
多少年代了
人类用自己的生命
肥沃了土地
又用土地养育了
自己的生命
谁能逃避这自然的规律
——那么,我们为这而死
又有什么不应该呢?
背上了枪
摇摇摆摆地走在长长的行列中
你们的心不是也常常被那
比爱情更强烈的什么东西所苦恼吗?
当你们一天出发了,走向战场

你们不是也常常
觉得自己曾是生活着,
而现在却应该去死
——这死就为了
那无数的未来者
能比自己生活得幸福么?
一切的光荣
一切的歌赞
又有什么用呢?
假如我们不曾想起
我们是死在自己圣洁的志愿里?
——而这,竟也是如此不可违反的
民族的伟大的意志呢?

十一　挺进

挺进啊,勇敢啊
上起刺刀吧,兄弟们
把千万颗心紧束在
同一的意志里:
为祖国的解放而斗争呀!
什么东西值得我们害怕呢——
当我们已经知道为战斗而死是光荣的?
挺进啊,勇敢啊
朝向炮火最浓密的地方
朝向喷射着子弹的堑壕
看,胆怯的敌人
已在我们驰奔直前的步伐声里颤抖了!
挺进啊,勇敢啊

屈辱与羞耻
是应该终结了——
我们要从敌人的手里
夺回祖国的命运
只有这神圣的战争
能带给我们自由与幸福……
挺进啊,勇敢啊
这光辉的日子
是我们所把握的!
我们的生命
必须在坚强不屈的斗争中
才能冲击奋发!
兄弟们,上起刺刀
勇敢啊,挺进啊!

十二　他倒下了

竟是那么迅速
不容许有片刻的考虑
和像电光般一闪的那惊问的时间
在燃烧着的子弹
第二次——也是最后一次呵——
穿过他的身体的时候
他的生命
曾经算是在世界上生活过的
终于像一株
被大斧所砍伐的树似的倒下了
在他把从那里可以看着世界的窗子
那此刻是蒙上喜悦的泪水的眼睛

永远关闭了之前的一瞬间
他不能想起什么
——母亲死了
又没有他曾亲昵过的女人
一切都这么简单

一个兵士
不晓得更多的东西
他只晓得
他应该为这解放的战争而死
当他倒下了
他也只晓得
他所躺的是祖国的土地
——因为人们
那些比他懂得更多的人们
曾经如此告诉过他

不久,他的弟兄们
又去寻觅他
——这该是生命之最后一次的访谒
但这一次
他们所带的不再是舁床
而是一把短柄的铁铲

也不曾经过选择
人们在他所守卫的
河岸不远的地方
挖掘了一条浅坑……

在那夹着春草的泥土
覆盖了他的尸体之后
他所遗留给世界的
是无数的星布在荒原上的
可怜的土堆中的一个
在那些土堆上
人们是从来不标出死者的名字的
——即使标出了
又有什么用呢？

　　　　　　　一九三九年春末

出　　发

我们起来得这么早——
甚至月亮
还在墙边留有长枝的疏影
甚至繁星
还闪烁在高阔的夜空

躺在月光下的
中国的小城啊
你宁静而美
显得多么可爱……

没有独轮车
没有驴子
背起了包袱

唱起了《祖国进行曲》
直到我们渡过了河
在那以丛密的乔木排成的林子里
才听见惊醒的鸟群
拍击翅膀的最初的鸣叫……

桥

当土地与土地被水分割了的时候，
当道路与道路被水截断了的时候，
智慧的人类伫立在水边：
于是产生了桥。

苦于跋涉的人类，
应该感谢桥啊。

桥是土地与土地的联系；
桥是河流与道路的爱情；
桥是船只与车辆点头致敬的驿站；
桥是乘船者与步行者挥手告别的地方。

一九三九年秋

秋

雾的季节来了——

无厌止的雨又徘徊在
收割后的田野上……
那里,翻耕过的田亩的泥黑
与遗落的谷粒所长出的新苗的绿色
缀成了广大,阴暗,多变化的平面;
而深秋的访问者——无厌止的雨
就徘徊在它的上面……
人们都开始蛰伏到
那些浓黑的屋檐里去了;
只有两匹鬃毛已淋湿的褐色的马,
慢慢地走向地平线
搜索着田野的最后的绿色……

一九三九年秋　湘南

秋　晨

凉爽的早晨
太阳刚升起来的早晨
可怜的乡村的早晨

一只白色眼圈的小鸟
站在低矮的房子的黑瓦上
像在想着什么似的
看着彩云满布的高空

秋天了

我来南方已一年了
此地没有热带的呼吸
看不见参天的椰子林
心里早已有难言的结郁

但今天,当我要离去时
我的心竟如此不安
——中国的乡村
虽然到处都一样贫穷、污秽、灰暗
但到处都一样的使我留恋

一九三九年九月　在桂林乡间

旷　　野

薄雾在迷蒙着旷野啊……

看不见远方——
看不见往日在晴空下的
天边的松林,
和在松林后面的
迎着阳光发闪的白垩岩了;
前面只隐现着
一条渐渐模糊的
灰黄而曲折的道路,
和道路两旁的
乌暗而枯干的田亩……

田亩已荒芜了——
狼藉着犁翻了的土块,
与枯死的野草,
与杂在野草里的
腐烂了的禾根;
在广大的灰白里呈露出的
到处是一片土黄,暗赭,
与焦茶的颜色的混合啊……
——只有几畦萝卜,菜蔬
以披着白霜的
稀疏的绿色,
点缀着
这平凡,单调,简陋
与卑微的田野。

那些池沼毗连着,
为了久旱
积水快要枯涸了;
不透明的白光里
弯曲着几条淡褐色的
不整齐的堤岸;
往日翠茂的
水草和荷叶
早已沉淀在水底了;
留下的一些
枯萎而弯曲的枝杆,
呆然站立在
从池面徐缓地升起的水蒸气里……

山坡横陈在前面,
路转上了山坡,
并且随着它的起伏
而向下面的疏林隐没……
山坡上,
灰黄的道路的两旁,
感到阴暗而忧虑的
只是一些散乱的墓堆,
和快要被湮埋了的
黑色的石碑啊。

一切都这样地
静止,寒冷,而显得寂寞……

灰黄而曲折的道路啊!
人们走着,走着,
向着不同的方向,
却好像永远被同一的影子引导着,
结束在同一的命运里;
在无止的劳困与饥寒的前面
等待着的是灾难、疾病与死亡——
彷徨在旷野上的人们
谁曾有过快活呢?

然而
冬天的旷野
是我所亲切的——
在冷彻肌骨的寒霜上,

我走过那些不平的田塍,
荒芜的池沼的边岸,
和褐色阴暗的山坡,
步伐是如此沉重,直至感到困厄
——像一头耕完了土地
带着倦怠归去的老牛一样……

而雾啊——
灰白而混浊,
茫然而莫测,
它在我的前面
以一根比一根更暗淡的
电杆与电线,
向我展开了
无限的广阔与深邃……

你悲哀而旷达,
辛苦而又贫困的旷野啊……

没有什么声音,
一切都好像被雾窒息了;
只在那边
看不清的灌木丛里,
传出了一片
畏慑于严寒的
抖索着毛羽的
鸟雀的聒噪……

在那芦蒿和荆棘所编的篱围里

几间小屋挤聚着——
它们都一样地
以墙边柴木的凌乱,
与竹竿上垂挂的褴褛,
叹息着
徒然而无终止的勤劳;
又以凝霜的树皮盖的屋背上
无力地混合在雾里的炊烟,
描画了
不可逃避的贫穷……

人们在那些小屋里
过的是怎样惨淡的日子啊……
生活的阴影覆盖着他们……
那里好像永远没有白日似的,
他们和家畜呼吸在一起,
——他们的床榻也像畜棚啊;
而那些破烂的被絮,
就像一堆泥土一样的
灰暗而又坚硬啊……

而寒冷与饥饿,
愚蠢与迷信啊,
就在那些小屋里
强硬地盘据着……
农人从雾里
挑起篾箩走来,
篾箩里只有几束葱和蒜;
他的毡帽已破烂不堪了,

他的脸像他的衣服一样污秽,
他的冻裂了皮肤的手
插在腰束里,
他的赤着的脚
踏着凝霜的道路,
他无声地
带着扁担所发出的微响,
慢慢地
在蒙着雾的前面消失……

旷野啊——
你将永远忧虑而容忍
不平而又缄默么?

薄雾在迷蒙着旷野啊……

一九四〇年一月三日晨

冬天的池沼

冬天的池沼,
寂寞得像老人的心——
饱历了人世的辛酸的心;
冬天的池沼,
枯干得像老人的眼——
被劳苦磨失了光辉的眼;
冬天的池沼,

荒芜得像老人的发——
像霜草般稀疏而又灰白的发；
冬天的池沼，
阴郁得像一个悲哀的老人——
佝偻在阴郁的天幕下的老人。

一九四〇年一月十一日

树

一棵树，一棵树
彼此孤立地兀立着
风与空气
告诉着它们的距离

但是在泥土的覆盖下
它们的根伸长着
在看不见的深处
它们把根须纠缠在一起

一九四〇年春

解　冻

多少日子被严寒窒息着；
多少残留的生命，

在凝固着的地层里
发出了微弱的喘吁……
今天,接受了这温暖的抚慰,
一切冻结着的都苏醒了——
深山里的积雪呀,
溪涧里的冰层呀,
在这久别的阳光下
融化着,解裂着……
到处都润湿了,
到处都淋着水柱;
在这晴朗的早晨,
每一滴水
都得到了光明的召唤,
欣欣地潜入低洼处,
转过阴暗的角落,
沿着山脚
向平野奔流……
平野摊开着,
被由山峰所投下的黑影遮蔽着;
乌暗的土地,
铺盖着灰白的寒霜,
地面上浮起了一层白气,
它在向上升华着,升华着,
直到和那从群山的杂乱的岩石间
浮移着的云团混合在一起……
而太阳就从这些云团的缝隙
投下了金黄的光芒,
那些光芒不安定地
熠耀着平野边上的山峦,

和沿着山峦而曲折的江河。

于是
被从各处汇集拢来的水潮所冲激,
江水泛滥了——
它卷带着
从山顶崩下的雪堆,
和溪流里冲来的冰块,
互相拼击着,飘撞着,
发出碎裂的声音流荡着;
那些波涛
喧嚷着,拥挤着,
好像它们
满怀兴奋与喜悦
一边捶打着朽腐的堤岸,
一边倾泻过辽阔的平野,
难于阻拦地前进着,
经过那枯褐的树林,
带着可怕的洪响,
淘涌到那
闪烁着阳光的远方去了……

一九四〇年元月二十七日　湘南

船夫与船

你们的帆像阴天一样灰暗,
你们的篙篷像土地一样枯黄,

你们的船身像你们的脸
褐色而刻满了皱纹,
你们的眼睛和你们的船舱
老是阴郁地凝视着空茫,
你们的桨单调地
诉说着时日的嫌厌,
你们的舵柄像你们的手一样弯曲
而且徒劳地转动着,
你们的船像你们的生命——
永远在广阔与渺茫中旅行,
在困苦与不安中旅行……

一九四〇年二月

青色的池沼

青色的池沼,
长满了马鬃草;
透明的水底,
映着流动的白云……

平静而清澈……
像因时序而默想的
蓝衣少女,
坐在早晨的原野上。

当心呵——
脚蹄撩动着薄雾

一匹栗红色的马
在向你跳跃来了……

一九四〇年三月

山 毛 榉

春日的雷雨,
粗暴地摇撼着山毛榉;
春日的雷雨,
摇撼着我的心啊!

山毛榉,昂然举起了头,
在山野上飘起褐色的发,
感染了大地的爱与忧郁,
把根须攀缠住岩石与泥土;

欢喜沉默的
阳光与雾的朋友,
偶尔借风的语言
向山野披示痛苦;
历尽了冰霜与淫雨,
山毛榉慨然等待着霹雳的打击,
和那残酷的斧斤所带来的
伐木丁丁的声音……

一九四〇年春

农　夫

你们是从土地里钻出来的么？——
脸是土地的颜色
身上发出土地的气息
手像木桩一样粗拙
两脚踏在土地里
像树根一样难于移动啊

你们阴郁如土地
不说话也像土地
你们的愚蠢，固执与不驯服
更像土地呵

你们活着开垦土地，耕犁土地，
死了带着痛苦埋在土地里
也只有你们
才能真正地爱着土地

一九四〇年四月

没有弥撒

"我是最后的田园诗人吗"？

不!
让那个可怜的耶勒善的农民
跟了他的弥撒
到赤杨树的下面去吧!

不需要什么祈祷,
旷野是和我一样的无神论者
(就是灾难到来时也决不向雕像哭泣的)
等你们都死光了
它仍旧悲哀而旷达地躺在这里。

把愚蠢与顽强
像马铃薯一样埋到泥土里去吧;
也不要像一只野狗似的
在荒墓间踯躅,
为死人而哀伤……
我们的新月
依然会叩开我们的窗门;
北方的大熊星
也依然会在早晨向我们请安;

毗连的池沼
岂不是和往昔一样美丽么?
而在灌木林里
鸟群依然在欢呼着太阳……

太阳! 没有比它更爽朗的:
它每天伸出转动机轮的臂向我们招手!
又以光焰的嘴

给我说着
Materialism dialectic① 的真理。

让顽固的叶遂宁
看着那"铁的生客"而痉挛吧；
我们要策着世纪的骏马
在这旷野上驰骋！

而且，新的诗人
将从这里经过
他们将在列车窗口吟诵诗篇；
他们也将感兴于几何学
——你看
那一片云的边缘
不像米突尺所画的一样平直吗？

没有弥撒。

一九四〇年四月四日　湘南

太　阳

同我们距离得那么远
那么高高地在天的极顶
那么使我们渴求得流下了眼泪

---

① 唯物辩证法。

那么使我们为朝向你而匍匐在地上
我们愿意为向你飞而折断了翅膀
我们甚至愿在你的烧灼中死去
我们活着在泥泞里像蚯蚓
永远翻动着泥土向上伸引
任何努力都是想早点离开阴湿
都是想从远处看见你的光焰
我们是蛾的同类要向你飞
我们甚至愿在你的烧灼中死去
只要你能向我们说一句话
一句从未听见却又很熟识的话
只是为了那句话我们才活着
只要你会说：凡看见你的都将会幸福
只要勤劳的汗有报偿，盲者有光
只要我们不再看见恶者的骄傲，正直人的血
只要你会以均等的光给一切的生命
我们相信这话你一定会有一天要证实
因此我们还愿意活着在泥泞里像蚯蚓
因此我们每天起来擦去昨天的眼泪
等待你用温热的手指触到我们的眼皮

一九四〇年四月十一日　湘南

月　光

把轻轻的雾撒下来
把安谧的雾撒下来
在褐色的地上敷上白光

月明的夜是无比的温柔与宽阔的啊

给我的灵魂以沐浴
我在寒冷的空气里走着
穿过那些石子铺的小巷
闻着田边腐草堆的气息

那些黑影是些小屋
困倦的人们都已安眠了
没有灯光　静静地
连鼾声也听不见

我走过它们面前
温柔地浮起了一种想望
我想向一切的门走去
我想伸手叩开一切的门

我想俯嘴向那些沉睡者
说一句轻微的话不惊醒他们
像月光的雾一样流进他们的耳朵
说我此刻最了解而且欢喜他们每一个人

一九四〇年四月十五日夜

矮小的松木林

矮小的松木林，

徘徊在黄昏旷野的
远处的山坡上，
天边微微发亮的云层
衬出它们黑色的褴褛；

可怜的松木林，
没有一条路可以
通到你们那儿去的；
连携斧的伐木者
都不曾看你们一眼。

被遗忘的松木林！
乞丐般的松木林！
谁来理睬你们呢？
只有我却欢喜你们：
——在我家乡的山背上
也有这样矮小的松木林啊……

水　　鸟

两只水鸟浮动在水边
乌篷船里发出了枪声
一只在惊怖中逃逸了
另一只挣扎在受伤的痛苦里
它的翅翼无力地拍着水面
又迷乱地飞了几圈
才慢慢地向上举起

终于朝江岸的岩石
与丛林间飞去……

此刻
它在岩石的隙缝间
用自己的嘴抚自己的创伤
在寂寞的哀鸣里
期待着伴侣的来临

一九四〇年　夫夷江上

火　把

一　邀

"唐尼　时候到了
快点吧"

"李茵
你坐下
我梳一梳头
换一换衣
…………
你看我的头发
这么乱
　　我的梳子
　　哪儿去了?"

"你的梳子
刚才我看见的
它夹在《静静的顿河》里"
"啊　头发都打了结
以后我不再打篮球了
……今天下午
我沿着那小河回来
看见河边搁着
一个淹死了的伤兵
涨着肚子没有人去理会
……今天我一定要倒霉"

"唐尼　时候到了
快点吧"

"好　你别急
我换一换衣
——这制服又忘了烫
算了吧
反正在晚上
……李茵
你看我又胖了
这衣服真太紧
差点儿要挣破
前年在汉口
我也穿了这制服
参加游行的"

"快点吧　时候到了
别再说话"

"李茵　你真急
我还要擦一擦脸
这油光真讨厌——"

"你跑那边去找什么？
找什么？唐尼！
　　　你的粉盒
　　　　　压在《大众哲学》上
　　　你的口红
　　　　　躺在《论新阶段》一起。"

"李茵！"

"快点吧　唐尼
七点三刻了"

"好
我穿好鞋子马上跑
到八点集合
来得及"

"我的鞋拔呢？"

"在你哥哥的照相的旁边"

"啊　哥哥

假如你还活着
今晚上
你该多么快活!"

"唐尼
今晚上
你真美丽"

"李茵
你再说我不去了"

"你不去也好
留在家里可以睡觉"

"好了　走吧
妈　你来把门闩上
今晚上
我很迟才回来"
　　(一个老迈的声音从里面传出)
"尼尼　孩子
今晚上天很黑
别忘了带电筒"

"不要　妈
今晚上
我带火把回来"

二　街上

"今夜的电灯好像

特别亮　你看那街上
这么多人　这么多人!
好像被什么旋风刮出来的
哪儿来的这么多人?
这城市　哪儿来的
这么多人?他们
都到哪儿去?啊　是的
他们也去参加火炬游行……
那些工人　那些女工
那些店员　那些学生
那些壮丁　那些士兵
都来了　都来了
所有的人都来了
我们的校工也来了
我们的号兵也来了
那么多的旗　那么多的标语……
还有那些宣传画　那么大；
红的　白的　黄的　蓝的旗……
领袖们的肖像　被举在空中。
啊　看那边:还要多　还要多
他们跑起来了　都跑起来了,
有的赶不上了　落下了……
你看:那个黄脸的号兵
晃郎着号角气都喘不过来；
那些学生唱起歌来了:
　　起来
　　不愿做奴隶的人们……
他们跑得多么快啊
他们去远了　去远了……"

"唐尼　时间到了
我们到公共体育场去集合吧
我们赶快
从这小巷赶上去！"

三　会场

"她们都到了　她们都到了
赖英的头上打了一个丝结
她们都到了　大家都到了
何慧芳的眼镜在发亮
大家都到了　连那些小的也来了
刘桃芬　康素琴　李娟
啊　你们都来了　我们迟了
我们迟了　我们是从小巷赶来的
台上的煤气灯
照得这会场像白天
你这制服哪儿做的？
同你的身体很合适
我的是前年在汉口做的
太紧了　小得叫人闷气
今晚倒还凉
　　　　　毛英华
你的皮鞋擦得好亮
　　　　　　啊
那么多工人　那么多　你们看
每只手像一个木榔头
脸上是煤灰　像从烟囱里出来的

他们都瞪着眼在看什么？他们
都张着嘴在等什么？他们
都一动不动的在想什么？他们
朝我们这边看了　朝我们这边看了
那些眼睛像在发怒的
像在发怒的看着我们
啊　我真怕他们那些眼睛
　　　　　　　　　　这边
这边全是学生　全是
那个胖家伙跌了跤了
你们看：写信给彭菲灵的
就是他
　　　写信给邓健的
也是他
　　　听说他的体重有两百零五磅
　　　　　　　　　　真可怕
这是什么学校的
蠢样子　个个都那么呆
那个打旗的像要哭出来
他们乱了　前面的踏着后面的脚
我们退后面一点　排好

　　　　　　　李茵哪儿去了？
你看见李茵在哪里？
啊　看见了
　　　　她和那抗宣队的在一起
为什么脸上显得那么忧愁
她又笑了　她来了……

李茵来!
　　　　我和你一起!

他们也来了　他也来了
他为什么低着头　像在想着什么?
他也想什么?　那么困苦的想什么?
他抬起头了　他在找……
他看见了　但他又把头低下去
他为什么低着头　像在想着什么?

李茵　你在这里等一下
我去看看他"
"克明　我和你说几句话
克明　你好么?"

"我很好——
你有什么话
请快点说吧"

"我不是要来和你吵架
我问你：
我写了三封信给你　你为什么不理?"

"唐尼　这几天
我正在忙着筹备今夜的大会
而且你的信
只说你有点头痛
只说讨厌这天气
对于这些事我有什么办法呢

而且我已不止劝过你一次……"

"而且
你正忙于交际呢!"

"什么意思?"

"这只有你自己最清楚。"
　　(人们在她和他之间走过
　　又用眼睛看看他们的脸)
"明天再好好谈吧
或者——我写一封长信给你
播音筒已在向台前说话"
　　(一个声音在空气中震动)
"开会!"

四　演说

煤油灯从台上
发光　演说的人站在台上
向千万只耳朵发出宣言。
他的嘴张开　声音从那里出来
他的手举起　又握成拳头
他的拳头猛烈地向下一击
嘴里的两个字一齐落下:"打倒!"
他的眼睛在灯光下闪烁
像在搜索他所摹拟的敌人
他的声音慢慢提高
他的感情慢慢激昂

他的心像旷场一样阔宽
他的话像灯光一样发亮
无数的人群站在他的前面
无数的耳朵捕捉他的语言
这是钢的语言　矿石的语言
或许不是语言　是一个
铁锤拼打在铁砧上
也或许是一架发动机
在那儿震响　那声音的波动
在旷场的四周回荡
在这城市的夜空里回荡

这是电的照耀
这是火的煽动
这是煽起火焰的狂风
这是暴怒了的火焰
这是一种太沉重的捶击
每一下都捶在我们的心上

这是一阵雷从空中坠下
这是一阵暴风雨
吹刮过我们所站的旷场
这是一种可怕的预言
这是一种要把世界劈成两半的宣言
这是一种使旧世界流泪忏悔的力量

这不是语言　这是
一架发动机在鸣响
这是一个铁锤击落在铁砧上

这是矿石的声音
这是钢铁的声音
这声音像飓风
它要煽起使黑夜发抖的叛乱
听呵　这悠久而沉洪
喧闹而火烈的
群众的欢呼鼓掌的浪潮……

五　"给我一个火把"

火把从那里出来了
火把一个一个地出来了
数不清的火把从那边来了
美丽的火把
耀眼的火把
热情的火把
金色的火把
炽烈的火把
人们的脸在火光里
显得多么可爱
在这样的火光里
没有一个人的脸不是美丽的
火把愈来愈多了
愈来愈多了　愈来愈多了
火把已排成发光的队伍了
火把已流成红光的河流了
火光已射到我们这里来了
火光已射到我们的脸上了
你们的脸在火光里真美

你们的眼在火光里真亮
你们看我呀我一定也很美
我的眼一定也射出光彩
因为我的血流得很急
因为我的心里充满了欢喜
让我们跟着队伍走去
跟着队伍到那边去
到那火把出来的地方去
到那喷出火光的地方去
快些去　快些去　快去
去要一个火把……
"给我一个火把！"
"给我一个火把！"
"给我一个火把！"
你们看
我这火把
亮得灼眼啊……

这是火的世界……
这是光的世界……

六　火的出发

"火把的烈焰
赶走了黑夜"
把火把举起来
把火把举起来
把火把举起来
每个人都举起火把来

一个火把接着一个火把
无数的火把跟着火把走

慢慢地走整齐地走
一个紧随着一个
每个都把火把
举在自己的前面
让火光照亮我们的脸
照亮我们的
   昨天是愁苦着
   今天却狂喜着的脸
照亮我们的
   每一个都像
   基督一样严肃的脸
照亮我们的
   昂起着的胸部
   ——那里面激荡着憎与爱的
  血液
照亮我们的脚
    即使脚踝流着血
    也不停止前进的脚
让我们火把的光
照亮我们全体
    没有任何的障碍
    可以阻拦我们前进的全体
照亮我们这城市
和它的淌流过正直人的血的街
照亮我们的街
和它的两旁被炸弹所摧倒的房屋

照亮我们的房屋
和它的崩坍了的墙
和狼藉着的瓦砾堆
让我们的火把
照亮我们的群众
挤在街旁的数不清的群众
挤在屋檐下的群众
站满了广场的群众
让男的　女的　老的　小的
都以笑着的脸
迎接我们的火把

让我们的火把
叫出所有的人
叫他们到街上来
让今夜
这城市没有一个人留在家里

让所有的人
都来加入我们这火的队伍

让卑怯的灵魂
腐朽的灵魂
发抖在我们火把的前面

让我们的火把
照出懦弱的脸
畏缩的脸

在我们火光的监视下
让犹大抬不起头来

让我们每个都成为帕罗美修斯
从天上取了火逃向人间
让我们的火把的烈焰
把黑夜摇坍下来
把高高的黑夜摇坍下来
把黑夜一块一块地摇坍下来

把火把举起来
把火把举起来
把火把举起来
每个人都举起火把来

七　宣传卡车

那被绳子牵着的
是汉奸
　　　　　那穿着长袍马褂
戴着瓜皮帽的
是操纵物价的奸商
　　　　　那脸上涂了白粉
眉眼下垂　弯着红嘴的
是汪精卫
　　　　　那女人似的笑着的
是汪精卫

那个鼻子下有一撮小胡子的

日本军官
　　　　搂着一个
中国农夫的女人
那个女人
像一头被捉住的母羊似的叫着又挣扎着
那军官的嘴
　　　　像饿了的狗看见了肉骨头似的
　　　　张开着
那个女人
　　　　伸出手给那军官一个巴掌
那个汪精卫
　　　　拉上了袖子
　　　　用手指指着那女人的鼻子
　　　　骂了几句
那个汪精卫
　　　　在那军官的前面跪下了
那个汪精卫
　　　　花旦似的
　　　　向那日本军官哭泣
那日本军官
　　　　拍拍他的头又摸摸他的脸
那个汪精卫
　　　　女人似的笑了
他起来坐在那军官的腿上
他给那军官摸摸须子
他把一只手环住了那军官的颈
他的另一只手拿了一块粉红色的手帕
他用那手帕给那军官的脸轻轻地抚摸
那军官的脸是被那女人打红了的

那军官就把他抱得紧紧地
那军官向那汪精卫要他手中的手帕
那军官在汪精卫涂了白粉的脸上香了一下
那汪精卫撒着娇
　　　　把那手帕轻轻地在日本军官的前面抖着
那日本军官一手把那手帕抢了去
那手帕上是绣着一个秋海棠叶的图案的
那军官张开血红的嘴
　　　大笑着　大笑着
那军官从裤袋里摸出几张钞票
给那个汪精卫
那军官拍拍他的脸
又用嘴再在那脸上香了一下

四个中国兵　走拢来　走拢来
用枪瞄准他们
瞄准那个日本军官　瞄准奸商　汉奸
　瞄准汪精卫
在四个兵一起的
　　　　是工人　农人　学生
他们一齐拥上去
　　　　把那些东西扭打在地上
连那个女人都伸出了拳头
那个农夫又给那个跪着求饶的汪精卫猛烈的一脚
那个学生向着街旁的群众举起了播音筒
"各位亲爱的同胞！我们抗战已经三年！
敌人愈打愈弱　我们愈打愈强
只要大家能坚持抗战！坚持团结！
反对妥协　肃清汉奸

动员民众　武装民众
最后的胜利一定属于我们!"

八　队伍

这队伍多么长啊　多么长
好像把这城市的所有的人都排列在里面
不　好像还要多　还要多
好像四面八方的人都已从远处赶来
好像云南　贵州　热河　察哈尔的都已赶来
好像东三省　蒙古　新疆　绥远的都已赶来
好像他们都约好今夜在这街上聚会
一起来排成队　看排起来有多么长
一起来呼喊　看叫起来有多么响
我们整齐地走着　整齐地喊
每人一个火把　举在自己的前面
融融的火光啊　一直冲到天上
把全世界的仇恨都燃烧起来
我们是火的队伍
我们是光的队伍

软弱的滚开　卑怯的滚开
让出路　让我们中国人走来
昏睡的滚开　打呵欠的滚开
当心我们的脚踏上你们的背
滚开去——垂死者　苍白者
当心你们的耳膜　不要让它们震破
我们来了　举着火把　高呼着
用霹雳的巨响　惊醒沉睡的世界

我们是火的队伍
我们是光的队伍

人愈走愈多　队伍愈排愈长
声音愈叫愈响　火把愈烧愈亮
我们的脚踏过了每一条街每一条巷
我们用火光搜索黑暗
把阴影驱赶
卫护我们前进

我们是火的队伍
我们是光的队伍

这队伍多么长啊　多么长
好像全中国的人都已排列在里面
我们走过了一条街又一条街
我们叫喊一阵又歌唱一阵
我们的声音和火光惊醒了一切
黑夜从这里逃遁了
哭泣在遥远的荒原

九　来

你们都来吧
你们都来参加
不论站在街旁
还是站在屋檐下

你们都来吧
你们都来参加
女人们也来
抱着小孩的也来

大家一起来
一起来参加
来喊口号　来游行
来举起火把

来喊口号　来游行
来举起融融的火把
把我们的愤怒叫出来
把我们的仇恨烧起来

十　散队

我们已走遍了这城市的东南西北
我们已走遍了这城市的大街小巷
"李茵　我们已到这么远的地方。
现在我们得回去　队伍散了……
但是　你看　那些人仍旧在呼唱
他们都已在兴奋里变得癫狂
每个人都激动了　全身的血在沸腾
李茵　刚才火把照着你狂叫着的嘴
我真害怕　好像这世界马上要爆开似的
好像一切都将摧毁　连摧毁者自己也摧毁"

"唐尼　你看见的么　我真激动

好像全身的郁气都借这呼叫舒出了
唐尼　你的脸　也很异样
告诉我　唐尼
当那洪流般的火把摆荡的时候
你曾想起了什么？看见了什么？"

"李茵　那真是一种奇迹——
当我看见那火把的洪流摆荡的时候
的确曾想起了一种东西
看见了一种东西
一种完全新的东西
我所陌生的东西……"

十一　他不在家

"真的　李茵
你见到克明么
在那些走在前面的队伍里
你见到克明么
那些学生没有一刻是安静的
他们把口号叫得那么响
又把火把举得那么高
他们每个都那么高大　那么粗野
好像要把这长街
当做他们的运动场
火把照出他们的汗光
我真怕他们
他们好像已沿着这城墙走远……
但是　李茵

当队伍散开的时候
你见到克明么"

"他一定从那石桥回去了
这里离他住的地方
不是只要转一个弯么
我陪你去看他"

一〇三
一〇五
一〇七号——到了

"打门吧
（TA！TA！TA！）
他不在家"

十二　一个声音在心里响

"你在哪里？你在哪里？
这么大的地方哪儿去找你呢？
这么多的人怎能看到你呢？
这么杂乱的声音怎能叫你呢？

我举着火把来找你
你在哪里？你在哪里？
今夜多么美　你在哪里？
你在哪里？我的脸发烫
我的心发抖　你在哪里？

我举着火把来找你

你在哪里？你在哪里？
这么多人没有一个是你
这么多火把过去都没有你
这么多火光照着的脸都不是你

我举着火把来找你

我要看见你！我要看见你！
我要在火光里看见你……
我要用手指抚摸你的脸　你的发
我的这手指不能抚摸你一次么？

我举着火把来找你
无论如何　我要看见你啊
我要见你　听你一句话
只一句话：'爱与不爱'
你在哪里？你在哪里？"

十三　那是谁

"唐尼　他来了
从十字街口那边转弯
来了。克明来了
你看　前额上闪着汗光
他举着火把走来了……"

"那是谁？那是谁？

和他一起走来的
那是谁？那穿了草绿色的裙装的
女子是谁？那头发短得像马鬃的
女子是谁？那大声地说着话的
又大声地笑着的女子是谁？
那走路时摇摆着身体的
女子是谁？那高高的挺起胸部的
女子是谁？

她在做什么？做什么？
她指手画脚地在做什么？
她在说什么？说什么？
她在和他大声地说着什么？
她在说什么？还是在辩论什么？
你听　她在说什么？那么响：

　　'目前——我们的
　　工作——开展……
　　主观上的弱点——
　　正在克服……
　　目前——我们
　　激烈地批判——
　　残留着的
　　小资产阶级的
　　劣根性……
　　以及——妨碍工作的
　　恋爱……
　　受到了无情的
　　打击！

　　　　目前——我们的
　　　　　工作——开展……'
他们走近来了……
他们走近来了……李茵——
我们——"
"唐尼　让我
向他们打招呼……"

"不要！
李茵　我头昏
我们从这小巷回去吧"

今夜　你们知道
谁的火把
最先熄灭了
又从那无力的手中
滑下？

十四　劝一

"唐尼　我在火光里
看见了你的眼泪
唐尼　这样的夜
你不感到兴奋么　唐尼
唐尼　你不应该
在大家都笑着的时候哭泣
唐尼　爱情并不能医治我们
却只有斗争才把我们救起　唐尼
你应该记起你的哥哥

才五六年　你应该能够记起
唐尼　不要太渴求幸福
当大家都痛苦的时候
个人的幸福是一种耻辱　唐尼
唐尼　只要我们眼睛一睁开
就看见血肉模糊的一团……
假如你还有热情　还有人性
你难道忍心一个人去享乐？
我们有太多的事情要做
你怎么应该哭　唐尼
你要尊敬你的哥哥
为了他而敛起眼泪
唐尼　你是他的妹妹
如你都忘了他
谁还能记得他呢
唐尼　坐下来
在这河边坐下来
让我好好和你说……"

"李茵
请把你的火把
吹熄吧"

"好的——
我有火柴
随时可以点着它"
"这样
倒舒服些……"

十五　劝二

"我还有好些事要告诉你……"
　　　　——《圣经·新约·约翰福音》
　　　　　　　　十六章十二节

"唐尼　现在让我告诉你
我也是哭泣过的　两年前
我曾爱过一个军官
我们一起过了美满的一个月
但他却把我玩了又抛掉了
我曾哭过一个星期
你知道　我是一个人
从沦陷了的家乡跑出来的

　　（几个人　举着火把
　　从她们前面过去……）

"认识我的人们
在我幸福时
他们妒忌我
在我不幸时
他们嘲笑我
假如我没有勇气抵抗那些
冷酷的眼和恶毒的嘴
我早已自杀了

"但我很快就把心冷静下来

——我不怨他　我们这年头
谁能怨谁呢　我只是
拼命看书——我给你的那些书
都是那时买的。我变得很快
我很快就胖起来。完全像两个人
心里很愉快。我发现自己身上
好像有一种无穷的力。我非常
渴望工作。我热爱人生——

　　（几个人　举着火把过去）

"生命应该是永远发出力量的机器
应该是一个从不停止前进的轮子
人生应该是
一种把自己贡献给群体的努力
一种个人与全体取得

调协的努力
……我们应该宝贵生命
不要把生命荒废

　　（几个人举着火把
　　　从她们前面过去……）

"我很乐观　因为感伤并不能
把我们的命运改变　唐尼
我工作得很紧张。
我参加了一个团体——
唱歌　演戏　上街贴标语

给伤兵换药　给难民写信
打扫轰炸后的街　缝慰劳袋
我们的团体到过前线
我看见过血流成的小溪
看见过士兵的尸体堆成的小山
我知道了什么叫做'不幸'
足足有一年　我们
在轰炸　突围　夜行军中度过
我生过疥疮　生过疟疾　生过轮癣
我淋过雨　饿过肚子　在湿地上睡眠
但我无论如何苦都觉得快乐
同志们对我很好　我才知道
世界上有比家属更高的感情

"那团体已被解散了　如今
大家都分散在不同的地方
唐尼　我正在打听他们的消息
我想挨过这学期——啊　那旅馆的
电灯一盏盏地熄了……
唐尼　请你记住这句话：
……
只有反抗才是我们的真理
唐尼　克明现在不是很努力么
一个人变坏容易变好难
你如果真的爱他　难道
应该去阻碍他么？
　　　　　　　　唐尼
你是不是真的欢喜他呢？
你欢喜他那样的白脸么？……"

十六　忏悔一

"不要谈起这些吧……
李茵　你的话我懂得。
我感谢你——没有人
曾像你这样帮助过我
李茵　我会好起来的

　　　（几个人　举着火把
　　　从她们前面过去……）

"本来　一个商人的女儿
会有什么希望呢?
而且我是在鸦片烟床上
长大的　五年前
我的父亲就要把我许给
一个经理的儿子　那时
我的哥哥刚死了半年。
我只知道哭　母亲和他吵,
过了几个月　他也死了。
他两个死了后
我家里就不再有快乐了。

"前年九月底　我和母亲
从汉口出来　在难民船上
认识了克明　他很殷勤
……不要说起这些吧
这都是我太年轻……

这都是我太安闲……
李茵　年轻人的敌人是
幻想——它用虹一样的光彩
和皂泡一样的虚幻来迷惑你
我就是这样被迷惑的一个……

　　（几个人　举着火把
　　从她们前面过去……）

"李茵　这一夜
我懂得这许多
这一夜　我好像很清醒
我看见了许多　我更看见了
我自己——这是我从来都不曾看见过的

"我来在世界上已经十九个春天
这些年　每到春天　我便
常常流泪　我不知我自己
是怎么会到世界上来的
今天以前　我看这世界
随时都好像要翻过来
什么都好像要突然没有了似的
一个日子带给我一次悸动
生活是一张空虚的网
张开着要把我捕捉
所以我渴求着一种友谊
我将为它而感激一生……
我把它看做一辆车子
使我平安地走过

生命的长途
我知道我是错了……"

（几个人　举着火把
唱着歌
从她们前面过去……）

"唐尼　不要太信任'友谊'二个字
而且　你说的'友谊'也不会在恋爱中得到
不要把恋爱看得太神秘
现代的恋爱
女子把男子看做肉体的顾客
男子把女子看做欢乐的商店
现代的恋爱
是一个异性占有的遁词
是一个'色情'的同义语。"

十七　忏悔二

"李茵
这世界太可怕了——
完全像屠场！
贪婪和自私
统治这世界
直到何时呢？"

"唐尼
人类会有光明的一天
'一切都将改变'

那日子已在不远
只要我们有勇气走上去
你的哥哥就是我们的先驱……"

"我的哥哥是那么勇敢
他以自己的信仰决定一切
离开了家　在北方流浪
好几年都没有消息
连被捕时也没有信给家里
他是死在牢狱里的……

"而我
我太软弱了

　　　（十几个人　每人举着火把
　　　粗暴地唱着歌
　　　从她们的前面过去……）

"这时代
不容许软弱的存在
这时代
需要的是坚强
需要的是铁和钢
而我——可怜的唐尼
除了天真与纯洁
还有什么呢？

"我的存在
像一株草

我从来不敢把'希望'
压在自己的身上

"这时代
像一阵暴风雨
我在窗口
看着它就发抖
这时代
伟大得像一座高山
而我以为我的脚
和我的胆量
是不能越过它的

"但是　李茵　我的好朋友
我会好起来
李茵
你是我的火把
我的光明
——这阴暗的角落
除了你
从没有人来照射
李茵　我发誓
经了这一夜　我会坚强起来的

"李茵
假如我还有眼泪
让我为了忏悔和羞耻
而流光它吧

"李茵
——我怎么应该堕落呢
假如我不能变好起来
我愿意你用鞭子来打我
用石头来钉我!"

"唐尼
天真是没有罪过的。
我们认识虽只半年
但我却比你自己更多的了解你
我看见了'危险'
已隐伏在你的前面。
它已向你打开黑暗的门
欢迎你进去
不　从你身上我看见了我自己
看见了全中国的姊妹
——我背几句诗给你:

　　'命运有三条艰苦的道路
　　第一条　同奴隶结婚
　　第二条　做奴隶儿子的母亲
　　第三条　直到死做个奴隶
　　所有这些严酷的命运
　　罩住俄罗斯土地上的女人'

"我们是中国的女人
比俄国的更不如
我们从来没有勇气
改变我们自己的命运

难道我们永远不要改变么？
自己不改变　谁来给我们改变呢？

　　（在黑暗的深处
　　有几个女人过去
　　她们的歌声
　　撕裂了黑夜的苍穹：

　　'感受不自由莫大痛苦
　　你光荣的生命牺牲
　　在我们坚苦的斗争中
　　英勇地抛弃了头颅……'）

"这一定是演剧队的那些女演员……
这声音真美……
唐尼　时候不早
我们该回去了"

"好　李茵
今晚我真清醒
今晚我真高兴。
明天起　我要
把高尔基的《母亲》先看完"

"等一等　唐尼
让我把火把点起
……
明天会"

(唐尼举着火把很快地走
突然　她回过头来悠远地叫着:)

"李茵
要不要我陪你回去?"
"不要——
有了火把
我不怕"
"好　那么再见
这火把给你。"

"那么……你自己呢?"

"我是走惯了黑路的——
谢谢你这火把……"

十八　尾声

"妈!
(TA! TA! TA!)
开门吧"
(TA! TA! TA!)
"妈!
开门吧"

"妈!
开门吧"
(TA! TA! TA!)

"孩子
等一下
让我点了灯
天黑得很……"

"妈　你快呀
我带着火把来了"

"孩子
这火把真亮"

"妈　你拿着它
我来关门
你把火把
插在哥哥照相的前面"

　　（母亲上床　唐尼
　　呆呆地望着火把
　　慢慢地　她看定了
　　那死了五年的青年的照片:）

"哥哥　今夜
你会欢喜吧
你的妹妹已带回了火把
这火把不是用油点燃起来的
这火把　是她
用眼泪点燃起来的……"

"孩子

这火把真亮
照得房子都通红了
你打嚏了——孩子冷了
怎么你的眼皮肿
——哭了?"

"没有。
今晚我很高兴
只是火把的光
灼得我难受……"
"孩子　别哭了
来睡吧
天快要亮了。"

一九四〇年五月一日——四日

城市人

人创造了城市
城市又创造了城市人

我认得你们啊——
浮夸的,狡谲的
刁恶的,势利的
生活在欺诈与阴谋里的

你们手插在裤袋里

嘴角衔着一段纸烟
帽子歪戴着
走在行人道上
以伺候的眼睛
等待着攫取什么
我认得你们啊
豪奢的,矜持的
自满的唯利是图的
生活在无餍足与贪婪里的

你们像玩具似的笑着
又像木偶似的动作着
喘吁在脂肪里
用向前圆突的肚子
对世界表示着骄傲

我认得你们啊
荒唐的
险恶的
不可猜测的
生活在投机与冒险里的

一种为可怕的计谋而沉思着
整日踌躇着像
一只向下界寻觅牺牲的苍鹰
随时都在准备着张开指爪

我认得你们啊
淫荡的,妖冶的

卖弄风情的泼辣的
生活在肉欲与放纵里的

以耀眼的绸缎
裹住了绵软的身体
情欲的眼向陌生者闪光
你们在爱情的哄骗里娱乐自己
又在金钱的嘲弄里给人娱乐

你们的生命是赌博
你们的肉体
是一架发挥本能的机器
你们灵魂比纸钱还要廉价啊

你们敏捷
你们机巧
你们警惕
你们虚伪
诚然你们能制胜一切
却只为了可怜的自私啊

人创造了城市
城市又创造城市人

群　众

电波在电线上鸣响,在静空中鸣响

像用两手按住十个二十个钢琴的音键
我的心里也常有使我自己震耳欲聋的声音
一直从里面冲出,鸣响在空中

一滴水常使我用惊叹的眼凝视半天
我的前面突然会涌现浩淼的大江
只要我的嘴一张开我就喘急
好像万人的呼吸都从这小孔出来

当我用手按着自己跳动的脉搏
我的心就被汹涌的血潮所冲荡
他们的痛苦与欲求和我如此纠缠不清——
他们的血什么时候流进了我的血管?

那边是什么——那么多,多么多……
无数的脚,无数的手,无数攒动的头颅……
在窗口,在街上,在码头上,在车站……
他们在做什么? 想什么? 愿望着什么? ……

这是可怕的奇迹:当我此刻想起了
我已不复是自己,而是一个数字
这数字慢慢地蜕变着,庞大着
——直到使我愕然而痉挛

我静着时我的心被无数的脚踏过
我走动时我的心像一个哄乱的十字街口
我坐在这里,街上是无数的人群
突然我看见自己像尘埃一样滚在他们里面……

欧罗巴

希特勒的血爪,
攫住了呻吟着的欧罗巴——

欧罗巴,
工厂成了监狱;
欧罗巴,
工人成了囚徒;
欧罗巴,
农夫成了乞丐;
欧罗巴,
女人成了寡妇;
欧罗巴,
孩子成了孤儿;
欧罗巴,
到处都是集中营;
欧罗巴,
原野上狼藉着骸骨;
欧罗巴,
森林被砍伐;
欧罗巴,
血改变了池沼的颜色;
欧罗巴,
饥饿像狼似的睁着眼睛;
欧罗巴,

瘟疫像乌鸦似的飞翔……

希特勒的牙齿，
在撕断欧罗巴的咽喉；
希特勒的长舌，
在舐吮着欧罗巴的血……

哀 巴 黎

柏林十四日下午六时海通社急电：据官方公告，"德军今晨已正式入巴黎。"

红白蓝的三色旗
卸下来；
代替它而飘扬于
塞纳河畔
龚果德广场上的
是缀着黑色卍字的血色的旗。

于是塞纳河的水
将无日夜地呜咽着，
缓流着
一个都市的沦亡的眼泪……
于是庄严的大厦倾倒了；
随着倾倒的
是刻有"自由，平等，博爱"的
宽大的门额……

于是 Pantheon①
与 Invalides② 的门前
将举行
比第一执政官时代更隆重的"凯旋式";
在那长长的肃穆的行列之间,
走过了一个
比拿破仑更冒险的人物;

卢梭,伏尔泰,丹顿的铜像,
将被无情的铁锤击落;
在他们的位置上,
将站立起
希特勒,戈贝尔,戈林的
两手叉着腰身的姿态

人类的历史
将加上一页
充满诙谐与幽默的记载;
而在那历史的背面
暗暗地流着
纯洁与严肃的眼泪

法兰西——
这被赞颂民主的诗人
赞颂为"世界上最美丽的名字",

---

① 巴黎著名纪念物。
② 巴黎著名纪念物。

如今,日耳曼人的手
要来涂改,并且
将代之以含糊的齿音:
德意志
我昔日也曾徘徊过的街道上
不再看见寻觅欢乐的美利坚人,
惯于把谎话和接吻混合在一起的贵妇人
带走了化装跳舞的绸制的假面
和黑丝的网形的手套,
将遁迹于北非洲刚果河畔。

平坦而宽阔的
香榭丽榭
你玛格丽特①驾着
马车散步的道上,
正驰过标帜着
卍字的钢甲坦克,
和呼啸着"希特勒万岁"的轻骑兵队……

国社党的党员来了!
他们的长筒靴上的马刺
从街头响过刺耳的声音
他们闯进了已关闭了一个礼拜的咖啡店
呵叱着那颤抖着的老妇
给他们以足够的混合酒。

文化与艺术的都市啊,

---

① 小仲马《茶花女》中的女主人公。

今天挺进队的队员
来叩开你博物院的门
他们用刺刀戳穿了
德拉克罗亚与大卫德的画幅；
又把安格尔的《土耳其浴堂》，
携回到总司令部；
在所有图书馆与美术馆里
将散布着《我的奋斗》
与"巴黎进军图"。

巴黎，你懦庸的统治者
已放弃你——
达拉第与雷诺说：
"苟被迫自欧陆撤退
则当迁往北非，
一旦必要时
拟迁往美洲之属地。"
——他们依然
沉醉在统治的梦想里；
而你们——
善良而正直的
法兰西的人民啊
终于流徙了
"扶老携幼之难民
……犹如一极伟大之长蛇，
蜿蜒不绝……"①

---

① 引自路透社一九四〇年六月十五日伦敦电。

而我所哀伤的
也就是你们啊……

不!
法兰西的人民是勇敢的。
普鲁士军队进入巴黎
也不只这一次,
每次击退侵略者的
是法兰西的人民自己。
法兰西的光荣的历史
是它的勇敢的人民的血写成的。

我们依然信任时间——
它将会给爱自由,爱民主的
法兰西人民以胜利。

当此刻,
我沉湎在对于巴黎之回想时,
我的耳际
还在响着
《马赛曲》、《国际歌》的歌声,
我的眼前
还映现从列宁厅出来的
劳动者的壮大的行列……
我相信:当达拉第,雷诺
卷带了法兰西的财富以及美女与香水
从波尔多迁往北非或美洲时,
法兰西人民将更坚强起来,

他们将在街头
重新布置障碍物
为了抵抗自己的敌人
将有第二公社的诞生!

一九四〇年六月十五日　重庆

刈草的孩子

夕阳把草原燃成通红了。
刈草的孩子无声地刈草,
低着头,弯曲着身子,忙乱着手,
从这一边慢慢地移到那一边……

草已遮没他小小的身子了——
在草丛里我们只看见:
一只盛草的竹篓,几堆草,
和在夕阳里闪着金光的镰刀……

一九四〇年

荒　凉

那边的山上没有树

那边的地上没有草
那边的河里没有水
那边的人没有眼泪

一九四〇年八月二十九日

篝　火

黄昏降落到我们的旷野,
快乐的火焰就升起了——
它在黝黑的树林下面,
闪耀着炫眼的红光……

白色的烟像夜间的雾,
迷漫了山谷和树林,
跟随着秋天晚上的风
徐缓地流散到远方……

在白烟的树林里,
在篝火的照耀里,
映着几个农夫和农妇
背负着收获物晚归的暗影。

一九四〇年八月三十日夜

播 种 者
——为鲁迅先生逝世四周年纪念而作

> 流泪撒种的,必欢呼收割。
> ——《圣经·旧约·诗篇》

在贫瘠的土地上,
在荒漠的原野里,
曾经以辛勤的臂和温热的汗
垦殖而又灌溉,
把种子夹着希望播撒的
你——无比勤劳的园丁
远逝我们而长卧于泥土下
已经历了四个秋天了。

几十年如一日,
你以一个农民的朴直
爱护这片土地,

顽强的手也曾劈击过
万年的岩石和千年的荆棘;
又以凝聚着血滴的手指
带着悲哀的战栗,
扶理过你亲手所培植的
被暴风雨的打击所摧折的
稚嫩的新苗;

使我们永远不能忘记的
那比慈母的心更温煦的,
是你的为夭折了的花朵而红润了眼眶的泪水。

坚信黑色的泥土必能耕耘,
坚信凡能生根的必会成长,
你没有哪一天
不以坚定的脚疾走在大地上,
你没有哪一天
不以有力的手
向广阔的田野挥舞……
(在你,工作的本身
就是最高的愉悦)
你永远耕耘,
永远播种,
——纵然你知道:
收获的不是你自己。

如今,
在你的脚迹所踏过的
广漠的土地上,
经历了数度的风霜雨雪,
你手栽的花木
已繁茂得翠绿成荫了;
而这为你所深爱的土地,
也以对于你耕耘的感激
滋长出遍野鲜美的绿苗,
而那无数的歌唱着的白鸟,
跳跃在为露水所润湿

为阳光所照耀的枝丫间,
它们一面在以不能言说的哀痛
悼惜你播种者的长逝,
一面却以流溢着欢快的歌队
预祝着即将来临的
果实累累的
收获的季节……

       一九四〇年十月

第三辑 黎明的通知

古　松

你和这山岩一同呼吸一同生存
你比生你的土地显得更老
比山崖下的河流显得更老
你的身体又弯曲,又倾斜
好像载负过无数的痛苦
你的裂皱是那么深,那么宽
而又那么繁复交错
甚至蜜蜂的家属在里面居住
蚂蚁的队伍在里面建筑营房
而在你的丫杈间的洞穴里
有着胸脯饱满的鸽子的宿舍——
它们白天就成群地飞到河流对岸的平地上去
也有着尾巴像狗尾草似的松鼠的家
它们从你伸长着的枝丫
跳到另一棵比你年轻的松树上
比小鸟还要显得敏捷
你的头那样高高地仰着
风过去时,你发出低微的呻吟
一个捡柴的小孩站在下面向你看,
你显得多么高!
你的叶子同云翳掺和在一起
白云在你上面像是你的披发
一伙蚂蚁从你的脚跟到你的头上
是一次庄严的长途旅行

你的身体是铁质和砂石熔铸成的
用无比的坚强领受着风、雨、雷、电的打击
而每次阴云吹散后的阳光带给你微笑
你屹立在悬崖的上面像老人
你庇护这山岩,用关心注视我们的乡村;
你是美丽的——虽然你太苍老了。

我的父亲

一

近来我常常梦见我的父亲——
他的脸显得从未有过的"仁慈",
流露着对我的"宽恕",
他的话语也那么温和,
好像他一切的苦心和用意,
都为了要袒护他的儿子。

去年春天他给我几次信,
用哀恳的情感希望我回去,
他要嘱咐我一些重要的话语,
一些关于土地和财产的话语;
但是我拂逆了他的愿望,
并没有动身回到家乡,
我害怕一个家庭交给我的责任,
会毁坏我年轻的生命。

五月石榴花开的一天,
他含着失望离开人间。

二

我是他的第一个儿子,
他生我时已二十一岁,
正是满清最后的一年,
在一个中学堂里念书。
他显得温和而又忠厚,
穿着长衫,留着辫子,
胖胖的身体,红褐的肤色,
眼睛圆大而前突,
两耳贴在脸颊的后面,
人们说这是"福相",
所以他要"安分守己"。

满足着自己的"八字",
过着平凡而又庸碌的日子,
抽抽水烟,喝喝黄酒,
躺在竹床上看《聊斋志异》,
讲女妖和狐狸的故事。
他十六岁时,我的祖父就去世;
我的祖母是一个童养媳,
常常被我祖父的小老婆欺侮;
我的伯父是一个鸦片烟鬼,
主持着"花会",玩弄妇女;
但是他,我的父亲,
却从"修身"与"格致"学习人生——

做了他母亲的好儿子,
他妻子的好丈夫。

接受了梁启超的思想,
知道"世界进步弥有止期",
成了"维新派"的信徒,
在那穷僻的小村庄里,
最初剪掉乌黑的辫子。

《东方杂志》的读者,
《申报》的定户,
"万国储蓄会"的会员,
堂前摆着自鸣钟,
房里点着美孚灯。

镇上有曾祖父遗下的店铺——
京货,洋货,粮食,酒,"一应俱全",
它供给我们全家的衣料,
日常用品和饮茶的点心,
凭了折子任意拿取一切什物;
三十九个店员忙了三百六十天,
到过年主人拿去全部的利润。

村上又有几百亩田,
几十个佃户围绕在他的身边,
家里每年有四个雇农,
一个婢女,一个老妈子,
这一切造成他的安闲。

没有狂热！不敢冒险！
依照自己的利益和趣味，
要建立一个"新的家庭"，
把女儿送进教会学校，
督促儿子要念英文。

用批颊和鞭打管束子女，
他成了家庭里的暴君，
节俭是他给我们的教条，
顺从是他给我们的经典，
再呢，要我们用功念书，
密切地注意我们的分数，
他知道知识是有用的东西——
一可以装点门面，
二可以保卫财产。
这些是他的贵宾：
退伍的陆军少将，
省会中学的国文教员，
大学法律系和经济系的学生，
和镇上的警佐，
和县里的县长。

经常翻阅世界地图，
读气象学，观测星辰，
从"天演论"知道猴子是人类的祖先；
但是在祭祀的时候，
却一样的假装虔诚，
他心里很清楚：
对于向他缴纳租税的人们，

阎罗王的塑像，
比达尔文的学说更有用处。

无力地期待"进步"，
漠然地迎接"革命"，
他知道这是"潮流"，
自己却回避着冲激，
站在遥远的地方观望……

一九二六年
国民革命军从南方出发
经过我的故乡，
那时我想去投考"黄埔"，
但是他却沉默着，
两眼混浊，没有回答。

革命像暴风雨，来了又去了。

无数年轻英勇的人们，
都做了时代的奠祭品，
在看尽了恐怖与悲哀之后，
我的心像失去布帆的船只
在不安与迷茫的海洋里漂浮……

地主们都希望儿子能发财，做官，
他们要儿子念经济与法律：
而我却用画笔蘸了颜色，
去涂抹一张风景，
和一个勤劳的农人。

少年人的幻想和热情,
常常鼓动我离开家庭:
为了到一个远方的都市去,
我曾用无数功利的话语,
骗取我父亲的同情。

一天晚上他从地板下面,
取出了一千元鹰洋,
两手抖索,脸色阴沉,
一边数钱,一边叮咛:
"你过几年就回来,
千万不可乐而忘返!"

而当我临走时,
他送我到村边,
我不敢用脑子去想一想
他交给我的希望的重量,
我的心只是催促着自己:
"快些离开吧——
这可怜的田野,
这卑微的村庄,
去孤独地漂泊,
去自由地流浪!"

三

几年后,一个忧郁的影子
回到那个衰老的村庄,

两手空空，什么也没有——
除了那些叛乱的书籍，
和那些狂热的画幅，
和一个殖民地人民的
深刻的耻辱与仇恨。

七月，我被关进了监狱
八月，我被判决了徒刑；
由于对他的儿子的绝望
我的父亲曾一夜哭到天亮。

在那些黑暗的年月，
他不断地用温和的信，
要我做弟妹们的"模范"，
依从"家庭的愿望"，
又用衰老的话语，缠绵的感情，
和安排好了的幸福，
来俘虏我的心。

当我重新得到了自由，
他热切地盼望我回去，
他给我寄来了
仅仅足够回家的路费。

他向我重复人家的话语，
（天知道他从哪里得来！）
说中国没有资产阶级，
没有美国式的大企业，
没有残酷的剥削和榨取；

他说："我对伙计们,
从来也没有压迫,
就是他们真的要革命,
又会把我怎样?"
于是,他摊开了账簿,
摊开了厚厚的租谷簿,
眼睛很慈和地看着我
长了胡须的嘴含着微笑
一边用手指拨着算盘
一边用低微的声音
督促我注意弟妹们的前途。

但是,他终于激怒了——
皱着眉头,牙齿咬着下唇,
显出很痛心的样子,
手指节猛击着桌子,
他愤恨他儿子的淡漠的态度,
——把自己的家庭,
当做旅行休息的客栈;
用看秽物的眼光,
看祖上的遗产。
为了从废墟中救起自己,
为了追求一个至善的理想,
我又离开了我的村庄,
即使我的脚踵淋着鲜血,
我也不会停止前进……

我的父亲已死了,
他是犯了鼓胀病而死的;

从此他再也不会怨我,
我还能说什么呢?

他是一个最平庸的人;
因为胆怯而能安分守己,
在最动荡的时代里,
度过了最平静的一生,
像无数的中国地主一样:
中庸,保守,吝啬,自满,
把那穷僻的小村庄,
当做永世不变的王国;
从他的祖先接受遗产,
又把这遗产留给他的子孙,
不曾减少,也不曾增加!
就是这样——
这就是为什么我要可怜他的地方。
如今我的父亲,
已安静地躺在泥土里
在他出殡的时候,
我没有为他举过魂幡
也没有为他穿过粗麻布的衣裳;
我正带着嘶哑的歌声,
奔走在解放战争的烟火里……

母亲来信嘱咐我回去,
要我为家庭处理善后,
我不愿意埋葬我自己,
残忍地违背了她的愿望,
感激战争给我的鼓舞,

我走上和家乡相反的方向——
因为我,自从我知道了
在这世界上有更好的理想,
我要效忠的不是我自己的家,
而是那属于万人的
一个神圣的信仰。

一九四一年八月

少 年 行

像一只飘散着香气的独木船,
离开一个小小的荒岛;
一个热情而忧郁的少年,
离开了他的小小的村庄。

我不欢喜那个村庄——
它像一株榕树似的平凡,
也像一头水牛似的愚笨,
我在那里度过了我的童年;

而且那些比我愚蠢的人们嘲笑我,
我一句话不说心里藏着一个愿望,
我要到外面去比他们见识得多些,
我要走得很远——梦里也没有见过的地方;

那边要比这里好得多好得多,

人们过着神仙似的生活；
听不见要把心都舂碎的舂臼的声音，
看不见讨厌的和尚和巫女的脸。

父亲把大洋五块五块地数好，
用红纸包了交给我而且教训我！
而我却完全想着另外的一些事，
想着那闪着强烈的光芒的海港……

你多嘴的麻雀聒噪着什么——
难道你们不知我要走了么？
还有我家的老实的雇农，
你们脸上为什么老是忧愁？

早晨的阳光照在石板铺的路上，
我的心在怜悯我的村庄
它像一个衰败的老人，
站在双尖山的下面……

再见呵，我的贫穷的村庄，
我的老母狗，也快回去吧！
双尖山保佑你们平安无恙，
等我也老了，我再回来和你们一起。

秋天的早晨

在幽暗的山谷间

延河静静地流着
沿着山脚弯曲伸展
在田亩上放射银光

月亮已从山背回去
启明星闪耀在我们的山顶
四野响起雄鸡的晨唱
和接续的悠远的号声

秋天已沿着河岸来了——
披着稀薄的雾,带着微寒;
大豆萎黄了,荞麦枯焦了,
田亩上星散着收获物的堆积

金色的包谷米
铺在屋背的斜面上
从那边的磨房传出
齐匀的筛面的声音

农夫从打开的门里出来
背脊因劳苦而微微驼起
一边呛咳,一边扣着纽扣
缓慢地向畜棚走去

那肮脏而懒惰的猪突然跃起
从木栅里伸动它的鼻子
企望主人给它丰盛的早餐
用刺耳的尖叫表示欢喜

农夫却把关心放到驴子身上
因为它勤奋劳苦而又瘦削
他把昨晚为它切好的干草
和了豆壳倒进了石槽

于是他走到圆大的磨床旁边
用高粱秆扎的帚子扫着磨床
慢慢地抽完了一次旱烟之后
从屋檐上取下驴子的轭套

他又从屋里搬出一箩小米
快要溢出的是无数细小的金珠
伸出粗糙而干裂的手取了几颗
放到嘴里用黄色的大牙咬着

干脆的！太阳从山顶投下光芒
他驾好驴子，把小米倒上磨床
用力在驴子的股肉上一拍
把这金黄的日子碾动了……

长长的骡马队从土墙边过去
骡夫高声呵叱着，挥着鞭子
零乱而清新，铜铃在震响
那声音沿着河流慢慢远逝

这时候，在河流的彼岸
一个青年为清晨的大气所兴奋

在那悬崖的下面,迎着流水
唱着一支无比热情的歌曲

一九四一年十月四日

强盗和诗人

在我年轻的时候
我曾有一个幻想：
为了人间的混乱和不平
我想到群山里做一个强盗

我要向剥削人的去抢劫
戮杀欺侮弱者的恶棍
抗议袒护富人的法律
和犯罪的人们交往

在我所驰骋的地域上
没有寄生的王
也没有靠怜悯过活的乞丐
终止一切不合理的制度
每天在仗义的冒险里高歌

但是,现实解除了我的幻想
书籍毁去了我的健康
我终于爱上了流浪
让自己不安定的灵魂

彷徨在这陈腐的世界上

什么时候起
我被叫做"诗人"的?
想起来真要哭泣!
在巴拿斯山上我遗失了竹叶刀
拿叹息当歌唱
——一天一天地瘦萎

如今,我已临近青年的边界
平庸与安分向我装出鬼脸
但是——我要反叛啊!
旧世界依然激起我的愤恨

但愿"诗人"和"强盗"是朋友
当我已遗失了竹叶刀的时候
我要用这脱落了毛羽的鹅毛管
刺向旧世界丑恶的一切。

一九四一年十月三十日晨

时　　代

我站立在低矮的屋檐下
出神地望着蛮野的山岗
和高远空阔的天空,
很久很久心里像感受了什么奇迹,

我看见一个闪光的东西
它像太阳一样鼓舞我的心,
在天边带着沉重的轰响,
带着暴风雨似的狂啸,
隆隆滚碾而来……

我向它神往而又欢呼!
当我听见从阴云压着的雪山的那面
传来了不平的道路上巨轮颠簸的轧响
我的心追赶着它,激烈地跳动着
像那些奔赴婚礼的新郎
——纵然我知道由它所带给我的
并不是节日的狂欢
和什么杂耍场上的哄笑,
却是比一千个屠场更残酷的景象,
而我却依然奔向它
带着一个生命所能发挥的热情。

我不是弱者——我不会沾沾自喜,
我不是自己能安慰或欺骗自己的人
我不满足那世界曾经给过我的
——无论是荣誉,无论是耻辱
也无论是阴沉的注视和黑夜似的仇恨
以及人们的目光因它而闪耀的幸福
我在你们不知道的地方感到空虚
我要求更多些,更多些呵
给我生活的世界
我永远伸张着两臂
我要求攀登高山

我要求横跨大海
我要迎接更高的赞扬,更大的毁谤
更不可解的怨恨,和更致命的打击——
都为了我想从时间的深沟里升腾起来……

没有一个人的痛苦会比我更甚的——
我忠实于时代,献身于时代,而我却沉默着
不甘心地,像一个被俘虏的囚徒
在押送到刑场之前沉默着
我沉默着,为了没有足够响亮的语言
像初夏的雷霆滚过阴云密布的天空
抒发我的激情于我的狂暴的呼喊
奉献给那使我如此兴奋,如此惊喜的东西
我爱它胜过我曾经爱过的一切
为了它的到来,我愿意交付出我的生命
交付给它从我的肉体直到我的灵魂
我在它的前面显得如此卑微
甚至想仰卧在地面上
让它的脚像马蹄一样踩过我的胸膛

一九四一年十二月十六日晨

村　　庄

我是一个海滨的省份的村庄的居民,
自从我看见了都市的风景画片,
我就不再爱那鄙陋的村庄了,

十五岁起我开始在都市里流浪,
有时坐在小酒店里想起我的村庄,
我的心里就引起了无尽的哀怜,
那些都市大街上的每一幢房子,
都要比我那整个的村庄值钱啊……
还有那些珠宝铺,那些大商场,
那些国货陈列所,
人们在里面兜一个圈子
也比在家乡过一生要有意思,
假若他不是一只松鼠
决不会回到那可怜的村庄。
我知道这是不公平的,背义的,
人们厌弃他们的村庄
像浪子抛开他善良的妻子,
宁愿用真诚去换取那些
卖淫妇的媚笑与谎话,
到头了两手插在空袋里踯躅在街边。
连傻子也知道那些大都市是一群吸血鬼——
它们吞蚀着:钢铁,木材,食粮,燃料
和成千成万的劳动者的健康;
千万个村庄从千万条路向它们输送给养……

我们所饲养的家畜被装进了罐头;
每天积蓄下来的鸡蛋被做成了饼干;
我们采集的水果,收割的大豆和小麦,
从来不会在我们家里停留太久;
还有那些年轻的小伙子借了路费出发,
一年年过去,不再有回家的消息;
只让那些愚蠢和衰老的人们,

像乌桕树一样守住那村庄。

磨房和舂臼的声音说尽了村庄的单调,
无聊的日子在鸡啼和犬吠声里过去;
偶然有人为了奔丧回到家乡时,
他的一只皮鞋就足够使全村的人看了眼红,
还有透明的烟嘴和发亮的表链,
会使得年轻的女人眼里射出光辉。

让那些一辈子坐在纺车旁边的老太婆,
和含着旱烟管讲着"长毛"故事的老汉们,
留在那里等他们的用楠木做的棺材吧!
让童养媳用手拍着那呛咳的老妇的背吧!
让那些胆怯得像老鼠的人在豆腐店的前面吹
　牛吧!
让盲眼的算命人弹着三弦走进茅屋去吧!
倒霉的村庄呀,年轻的人谁还欢喜你呢?
他们知道都市里的破卡车都比你要神气
——大笑着,奔跳着,又叫嚣着
从洋行和公司前面滚过……

要到什么时候我的可怜的村庄才不被嘲笑呢?
要到什么时候我的老实的村庄才不被愚弄呢?
什么时候我的那个村庄也建造起小小的工厂:
从明洁的窗子可以看见郁绿的杉木林,
机轮的齐匀的鸣响混在秋虫的歌声一起?
什么时候在山坡背后突然露出了一个烟囱,
从里面不止地吐出一朵一朵灰白色的烟花?
什么时候人们生活在那里不会觉得卑屈,

穿得干净,吃得饱,脸上含着微笑?
什么时候,村庄对都市不再怀着嫉妒与仇恨,
都市对村庄也不再怀着鄙夷与嫌恶,
它们都一样以自己的智力为人类创造幸福,
那时我将回到生我的村庄去,
用不是虚饰而是真诚的歌唱
去赞颂我的小小的村庄。

一九四一年十二月二十七日

太阳的话

打开你们的窗子吧
打开你们的板门吧
让我进去,让我进去
进到你们的小屋里

我带着金黄的花束
我带着林间的香气
我带着亮光和温暖
我带着满身的露水

快起来,快起来
快从枕头里抬起头来
睁开你的被睫毛盖着的眼
让你的眼看见我的到来

让你们的心像小小的木板房
打开它们的关闭了很久的窗子
让我把花束,把香气,把亮光,
　温暖和露水撒满你们心的空间。

　　　　　　　　一九四二年一月十四日

我的职业

　　前年秋天我住在重庆一个被炸弹炸去了一个墙角的小洋房里,那个房子的旁边和后面都是委员和部长的住宅。
　　在一次宴会时,我遇见了一个住在后面洋房里的副部长,他正和我的朋友——那秃头的批评家谈天,他说:"听说在我家前面的房子里住了一个失业的人。"我的朋友马上说:"你前面住的就是艾青先生——他是诗人。"那副部长现出不安的样子。我笑着。

"没有职业的人",这大概是一种耻辱。
人应该有职业,马应该有鞍子,
有钱人家的狗都在公安局登记;
没有职业的人就只配躺在街头,
让警察把你抓去关在看守所里,
"凡是没有住处的,都有罪犯的嫌疑"。

是的,我没有职业——在政府里没有亲戚。
我不在什么部里和委员会里签到;
没有从安了铁栅的窗口领薪水,盖戳子;

在银行里没有存款,在公司里没有投资;
不能穿上呢质的中山服,坐进汽车,
到纪念周上去训示关于抗战的问题。

但是"没有职业的人",竟那么多,那么多,
排成长长的队伍在"平价米公卖处"的前面,
枯干的手里紧紧地捏着一张居民证,
有时从早晨空着肚子一直等到黄昏;
警察在旁边握着警棍在"维持秩序",
街道上奔驰着委员和部长们的汽车……

没有钱的不能买米,有钱的买不到米;
于是有关粮食问题的部长作了一次演讲,
他说"买不到米的,可以买米仁,米仁比米补些,
我每天早晨吃的就是红枣米仁煮的稀饭。"
他很惊奇人民的无知,愚蠢,与固执,
说完躺上滑竿,四个人抬走那肥胖的身体。

过了几天,这部长发明了"维他命西餐",
宣传说很"经济",每客只花三十多块钱,
部长开了一次宴会,特别请了许多要人,
吃的就是他"发明"的经济维他命西餐;
吃完了,部长很体面地说了几句话:
"为了实行节约,要大家极力推荐。"

太太们坐飞机在最秘密的地方带走金条;
聪明的小姐们都买了很多的外汇;
有的部长囤积香烟,有的囤积粮食;
每样日常用品也都占有一个仓库,

各种东西都假装是清白的闺女，
等着一个足够使她倾心的价格。

印钞票的机器成天疯狂地滚转，
连在夜间也不停止它兴奋的叫声；
彩纸的河流从国家银行走向市场，
人们炫目地看见：五元、十元、百元……
通货膨胀和物价高涨形成比赛——
看谁做得更彻底、更深刻、更有气魄！

通货像冥锭，市场像打清醮，
在通货和物价后面跟着人潮，
他们和那种比赛形成更大的比赛；
没有职业的人更多，买米的队伍更长，
米更少，等买米的时间更久了，
"维持秩序"的警察也跟着增添。

我虽然不是宿命论者，却相信"规律"。
假如有一天通货真的变成冥锭，
嚣乱的市场真的变成醮场，
人们拥挤，叫嚷，呼冤，像无数孤魂，
每个孤魂伸出一只饥饿而固执的手，
不知道阎罗王用什么话把他们赶走？

在这样的国家里，我是一个"诗人"，
虽然没有职业，却也不想去找了。
我每天去写出一些不忍隐瞒的事情，
无非想使失去理性的重新得到理性；
我知道我的工作不会使你们欢喜，

因此你们常常用笔涂改我的诗篇。

一九四二年一月十五日

给 太 阳

早晨,我从睡眠中醒来,
看见你的光辉就高兴;
——虽然昨夜我还是困倦,
而且被无数的噩梦纠缠。

你新鲜,温柔,明洁的光辉,
照在我久未打开的窗上,
把窗纸敷上浅黄如花粉的颜色,
嵌在浅蓝而整齐的格影里。

我心里充满感激,从床上起来,
打开已关了一个冬季的窗门,
让你把金丝织的明丽的台巾,
铺展在我临窗的桌子上。

于是,我惊喜地看见你;
这样的真实,不容许怀疑,
你站立在对面的山巅,
而且笑得那么明朗——
我用力睁开眼睛看你,
渴望能捕捉你的形象——

多么强烈！多么恍惚！多么庄严！
你的光芒刺痛我的瞳孔。

太阳啊,你这不朽的哲人,
你把快乐带给人间,
即使最不幸的看见你,
也在心里感受你的安慰。

你是时间的锻冶工,
美好的生活的镀金匠;
你把日子铸成无数金轮,
飞旋在古老的荒原上……

假如没有你,太阳,
一切生命将匍匐在阴暗里,
即使有翅膀,也只能像蝙蝠
在永恒的黑夜里飞翔。

我爱你像人们爱他们的母亲,
你用光热哺育我的观念和思想——
使我热情地生活,为理想而痛苦,
直到我的生命被死亡带走。

经历了寂寞漫长的冬季,
今天,我想到山巅上去,
解散我的衣服,赤裸着,
在你的光辉里沐浴我的灵魂……

黎明的通知

为了我的祈愿
诗人啊,你起来吧

而且请你告诉他们
说他们所等待的已经要来

说我已踏着露水而来
已借着最后一颗星的照引而来

我从东方来
从汹涌着波涛的海上来

我将带光明给世界
又将带温暖给人类

借你正直人的嘴
请带去我的消息

通知眼睛被渴望所灼痛的人类
和远方的沉浸在苦难里的城市和村庄

请他们来欢迎我——
白日的先驱,光明的使者

打开所有的窗子来欢迎
打开所有的门来欢迎

请鸣响汽笛来欢迎
请吹起号角来欢迎

请清道夫来打扫街衢
请搬运车来搬去垃圾

让劳动者以宽阔的步伐走在街上吧
让车辆以辉煌的行列从广场流过吧

请村庄也从潮湿的雾里醒来
为了欢迎我打开它们的篱笆

请村妇打开她们的鸡埘
请农夫从畜棚牵出耕牛

借你的热情的嘴通知他们
说我从山的那边来,从森林的那边来

请他们打扫干净那些晒场
和那些永远污秽的天井

请打开那糊有花纸的窗子
请打开那贴着春联的门

请叫醒殷勤的女人
和那打着鼾声的男子

请年轻的情人也起来
和那些贪睡的少女

请叫醒困倦的母亲
和她身旁的婴孩

请叫醒每个人
连那些病者与产妇

连那些衰老的人们
呻吟在床上的人们

连那些因正义而战争的负伤者
和那些因家乡沦亡而流离的难民

请叫醒一切的不幸者
我会一并给他们以慰安

请叫醒一切爱生活的人
工人,技师以及画家

请歌唱者唱着歌来欢迎
用草与露水所掺和的声音

请舞蹈者跳着舞来欢迎
披上她们白雾的晨衣

请叫那些健康而美丽的醒来

说我马上要来叩打她们的窗门

请你忠实于时间的诗人
带给人类以慰安的消息

请他们准备欢迎,请所有的人准备欢迎
当雄鸡最后一次鸣叫的时候我就到来

请他们用虔诚的眼睛凝视天边
我将给所有期待我的以最慈惠的光辉

趁这夜已快完了,请告诉他们
说他们所等待的就要来了

河边诗草(五首)

歌

像初升的阳光刺击着
我的心充塞着青春的欢乐啊!
我在山巅上唱着粗野的歌
唱着没有拍节的没有词句的歌
唱着一些从心里流出的自由的歌
我一边唱一边从山上飞奔而下
歌声像风一样愉快地飘扬

一个农夫从山脚上来

背了犁耙牵了一头母牛
年轻的母牛呵,要做母亲的母牛
奇怪啊,那母牛突然停住了脚步
朝向我睁着眼竖起了耳朵
听着我的粗野的歌

新　苗

那些焚烧树林的都离开此地了
他们遗留下荒凉让我们开垦
我们耕耘,我们碎土,我们播种,
用自己的汗水灌溉大豆与小麦

太阳依然照着我们的土地
雨露依然给我们滋润
如今我们的种子已从温暖里醒来
含着绿色的微笑露出在地面

呼　唤

从深幽的山谷里
又传出布谷鸟的殷勤的呼唤了:
"春雷响过了
雨也下过了
土地也松了
勤奋的人们呵
快快地播种吧……"

布谷鸟它看尽了中国农民的日常苦恼

也看见了辛勤所得的收获
永远落在懒惰的人们的手里
它的咽喉被泪水所润泽
歌声是悠远而充满抑郁

在江南,现在它又在呼唤了
"田里的水很多了
溪里的鱼都在跳跃了
连荠菜也长大了
忠实的人们呵
快快插秧吧……"啊

羊　　群

小小的绿色的斜坡上
布满了白色的柔和的羊群

它们的身体慢慢地移动
慢慢地涌着柔和的波浪

它们一边走一边吃草
静寂里发出细微而愉快的声音

羔羊在鸣叫母羊在应合
晴空里浸沐爱情

黄昏,阳光在它们的背上
披上了崭新的和平

旗

鲜艳的红色的方布上
缀着金色的斧头镰刀
被阳光浸浴着
被风吹拂着
旗,庄严地飘荡着
在亚洲的广阔的土地上

人类解放的信号
旧世界崩坍的标记
眼泪所栽培的欢笑
血所灌溉的花朵
旗,欣喜地飘荡着
在中国的古老的土地上

一九四二年四月

野　火

在这些黑夜里燃烧起来
在这些高高的山巅上
伸出你的光焰的手
去抚扪夜的宽阔的胸脯
去抚扪深蓝的冰凉的胸脯

从你的最高处跳动着的尖顶
把你的火星飞飏起来
让它们像群仙似的飘落在
那些莫测的黑暗而又冰冷的深谷
去照见那些沉睡的灵魂
让它们即使在缥缈的梦中
也能得到一次狂欢的舞蹈

在这些黑夜里燃烧起来
更高些！更高些！
让你的欢乐的形体
从地面升向高空
使我们这困倦的世界
因了你的火光的鼓舞
苏醒起来！喧腾起来！
让这黑夜里的一切的眼
都在看望着你
让这黑夜里的一切的心
都因了你的召唤而震荡
欢笑的火焰呵
颤动的火焰呵

听呀从什么深邃的角落
传来了那赞颂你的瀑布似的歌声……

一九四二年　陕北

风 的 歌

我是季候的忠实的使者
报告时序的运转与变化
奔忙在世界上

寂静的微寒的二月
我从南方的森林出发
爬上险峻的山峰
走过潮湿的山谷
渡过湖沼与江河
带着温暖与微笑
沿途唤醒沉睡的生物

山巅的积雪溶化了
结冰的河流解冻了
黑色的土地吐出绿色的嫩芽
百鸟在飘动的树枝上歌唱
忧愁从人们脸上消失
含笑的眼睛
看着被阳光照射的田野
布谷鸟站的山岩上
一阵阵一阵阵地叫唤
殷勤地催促着农人
把土地翻耕
把河水灌溉

向田亩播撒种子

晴朗的发光的五月
我徘徊在山谷和田野
河流因我的跳跃激起波浪
池沼因我的漫步浮起皱纹
午后,我疾行在悬崖的边沿
晚上,我休息在森林

我是云的牧人
带领羊群一样的白云
放牧在碧蓝的晴空
从上空慢慢移行
阴影停留在旷野

我是雨的引路人
当大地为久旱所焦灼
我被发怒的乌云推拥
带着急喘,匆忙地
跃上山崖、跳下平野,
疾驰在闪电、雷、雨的前面
拍击着门窗,向人们呼喊:
"大雷雨要来了!
大雷雨要来了!"

成熟的丰盛的八月
挂满稻草的杉树林里
在草堆上微睡之后

走过收割了的田亩
到山脚下的乡村
裹着头巾的农妇
向我发出欢呼
当她们在广场上
高高地举起筛子
摆动风车的扇柄
我就以我的敏捷
帮助这些勤奋的人
把谷壳和米糠吹散出来

起雾和下雨的日子
我走在阴凉的大气里
自然在极度的繁华之后
已临到了厌倦
曾经美丽的东西
都已变成枯萎
飞鸟合上翅膀
鸣虫停止叫唤
我含着伤感
摇落树上欲坠的残叶
打扫枯枝狼藉的院子
推倒被秋雨淋成乌黑的篱笆
挨家挨户督促贫苦的人们
赶快更换屋背上的茅草
上山砍伐冬季的燃料
因为我知道,对于他们
更坏的日子还在后面

阴暗的忧郁的十一月
带着寒冷的雨滴
我离开遥远的北方

有时,在黄昏
穿过荒凉的旷野
我走近一家茅屋
从窗户向里面窥探
一个农夫和他的妻子
对着刚点亮的油灯
为不曾缴纳税租而愁苦
一听见外面有了声音
就突然打了一个寒噤

当我从摩天的山岭经过
盲眼的老人跟我下来
他是季候的掘墓人
以嫉妒为食粮
以仇恨为饮料
他的嘘息侵进我的灵魂
自从他和我同路以来
我就不再有愉快了
我抖索着,牵着他枯干的手
慢慢地从山上走下平原
沿着我来的路向南方移行
四周,看不见人影和兽迹
万物露出惨愁的样子

这个老人！他一边扶着我
一边用痉挛的手摸索
他的手指所触到的东西
都起了一阵可怕的寒颤
他的脚一伸到河流
河水就成了僵冻
他睁着灰白无光的眼睛
不断地从嘴里吐出咒语：
"大地死了……大地死了……"
于是他散播着雪片
抛掷着雪团
用一层厚厚的白雪
裹住大地的尸身
当我极目远望时
我也不禁伏倒在山岩上啜泣……

尾　声

等一切生物经过长期的坚忍
经过悠久的黑暗与寒冷的统治
我又从南方海上的一个小岛起程
站在那第一只北航的船的布帆后面
带着温暖和燕子、欢快和花朵
唱着白云的柔美的歌
为金色的阳光所护送
向初醒的大地飞奔……

一九四二年九月六日

献给乡村的诗

我的诗献给中国的一个小小的乡村——
它被一条山岗所伸出的手臂环护着。
山岗上是年老的常常呻吟的松树;
还有红叶子像鸭掌般撑开的枫树;
高大的结着戴帽子的果实的榉子树
和老槐树,主干被雷霆劈断的老槐树;
这些年老的树,在山岗上集成树林,
荫蔽着一个古老的乡村和它的居民。

我想起乡村边上澄清的池沼——
它的周围密密地环抱着浓绿的杨柳,
水面浮着菱叶、水葫芦叶、睡莲的白花。
它是天的忠心的伴侣,映着天的欢笑和愁苦;
它是云的梳妆台,太阳、月亮、飞鸟的镜子;
它是群星的沐浴处,水禽的游泳池;
而老实又庞大的水牛从水里伸出了头,
看着村妇蹲在石板上洗着蔬菜和衣服。

我想起乡村里那些幽静的果树园——
园里种满桃子、杏子、李子、石榴和林檎,
外面围着石砌的围墙或竹编的篱笆,
墙上和篱笆上爬满了茑萝和纺车花;
那里是喜鹊的家,麻雀的游戏场;
蜜蜂的酿造室,蚂蚁的堆货栈;

蟋蟀的练音房,纺织娘的弹奏处;
而残忍的蜘蛛偷偷地织着网捕捉蝴蝶。

我想起乡村路边的那些石井——
青石砌成的六角形的石井是乡村的储水库,
汲水的年月久了,它的边沿已刻着绳迹。
暗绿而濡湿的青苔也已长满它的周围,
我想起乡村田野上的道路——
用卵石或石板铺的曲折窄小的道路,
它们从乡村通到溪流、山岗和树林,
通到森林后面和山那面的另一个乡村。

我想起乡村附近的小溪——
它无日无夜地从远方引来了流水,
给乡村灌溉田地、果树园、池沼和井,
供给乡村上的居民们以足够的饮料;
我想起乡村附近小溪上的木桥——
它因劳苦消瘦得只剩了一副骨骼,
长年地赤露着瘦长的腿站在水里,
让村民们从它驼着的背脊上走过。

我想起乡村中间平坦的旷场——
它是村童们的竞技场,角力和摔跤的地方,
大人们在那里打麦,掼豆,扬谷,筛米……
长长的横竹竿上飘着未干的衣服和裤子;
宽大的地席上铺晒着大麦、黄豆和荞麦;
夏天晚上人们在那里谈天、乘凉,甚至争吵,
冬天早晨在那里解开衣服找虱子、晒太阳;
假如一头牛从山崖跌下,它就成了屠场。

我想起乡村里那些简陋的房屋——
它们紧紧地挨挤着,好像冬天寒冷的人们,
它们被柴烟熏成乌黑,到处挂满了尘埃,
里面充溢着女人的叱骂和小孩的啼哭;
屋檐下悬挂着向日葵和萝卜的种子,
和成串的焦红的辣椒,枯黄的干菜;
小小的窗子凝望着村外的道路,
看着山峦以及远处山脚下的村落。

我想起乡村里最老的老人——
他的须发灰白,他的牙齿掉了,耳朵聋了,
手像紫荆藤紧紧地握着拐杖,
从市集回来的村民高声地和他谈着行情;
我想起乡村里最老的女人——
自从一次出嫁到这乡村,她就没有离开过,
她没有看见过帆船,更不必说火车、轮船,
她的子孙都死光了,她却很骄傲地活着。

我想起乡村里重压下的农夫——
他们的脸像松树一样发皱而阴郁,
他们的背被过重的挑担压成弓形,
他们的眼睛被失望与怨愤磨成混沌;
我想起这些农夫的忠厚的妻子——
她们贫血的脸像土地一样灰黄,
她们整天忙着磨谷、舂米,烧饭,喂猪,
一边纳鞋底一边把奶头塞进婴孩啼哭的嘴。

我想起乡村里的牧童们,

想起用污手擦着眼睛的童养媳们,
想起没有土地没有耕牛的佃户们,
想起除了身体和衣服之外什么也没有的雇农们,
想起建造房屋的木匠们、石匠们、泥水匠们,
想起屠夫们、铁匠们、裁缝们,
想起所有这些被穷困所折磨的人们——
他们终年劳苦,从未得到应有的报酬。

我的诗献给乡村里一切不幸的人——
无论到什么地方我都记起他们,
记起那些被山岭把他们和世界隔开的人,
他们的性格像野猪一样,沉默而凶猛,
他们长久地被蒙蔽,欺骗与愚弄;
每个脸上都隐蔽着不曾爆发的愤恨;
他们衣襟遮掩着的怀里歪插着尖长快利的刀子,
那藏在套里的刀锋,期待着复仇的来临。

我的诗献给生长我的小小的乡村——
卑微的,没有人注意的小小的乡村,
它像中国大地上的千百万的乡村。
它存在于我的心里,像母亲存在儿子心里。
纵然明丽的风光和污秽的生活形成了对照,
而自然的恩惠也不曾弥补了居民的贫穷,
这是不合理的:它应该有它和自然一致的和谐:
为了反抗欺骗与压榨,它将从沉睡中起来。

一九四二年九月七日

迎

今天早晨,你知道我是到哪儿去的?
天刚亮我就颠仆地走出了屋子
沿着被露水浸湿的草径走到屋后
踏过铺满藓苔的岩石走上山坡

月亮停留在西面高山的巅顶
像一个黄铜的盘子,那么大,那么圆
一转眼它就隐下山去不见了
只有几只鹭鸶鸟在郁林上飞……

我走下了山坡,坐在一块岩石上
向天边最亮的地方静静地凝望——
绵长的松林的空隙间,山的那面
有一条绵长的、银白的亮光

我知道它来了,好像有声音
树木,山峦,池沼,青灰色的云
一切都和我一样在静静的等——
远处白衣的少女和清新的歌唱

它是骑了黄金鬣毛的马驰骋来的
它是从山背后向山巅疾奔来的
它是从松林那边向旷野欢呼来的
满天的云都映着它金色的光芒……

洁白的鹭鸶成群地向它飞
歌唱的少女向它举起了肩臂
农夫从菜畦里抬起头来望着它
我从岩石上站起来向他走去……

今天早晨你知道我是到哪儿去的——
那时你的睫毛还掩盖着困倦的夜
我久久地站在高岗上迎接了太阳
承受它给我生命的鼓舞,热与光!

悼罗曼·罗兰

在阿尔卑斯山的下面,
瑞士的一个小湖的边沿,
杂木林参杂的"新城"里,
住着一个法兰西逃难的老人;

山是欧罗巴最高的山,
湖是欧罗巴最美的湖,
老人是欧罗巴最好的老人——
正直严肃,勇敢而又聪明;

他像一个古代的先知,
日夜为人类探索前途,
深陷着的两眼闪着热情,
深沉地注视众生的痛苦;

一个生命跨过两个世纪,
有如列车穿过圣哥隧道,
曲折迂回从不停止前进,
彻照一盏理性的明灯。

阿尔卑斯山是众水的母亲,
她哺育多瑙、莱茵、塞纳和维斯杜拉,
而你——人类智慧的勃朗峰啊,
你用思想灌溉整个欧罗巴。

把文学和艺术交还给民众;
科学也要做行动的从仆;
一切都为了人民的幸福,
就是牺牲生命又算得什么?

当欧罗巴卷进空前的厮杀,
你说"我们应当跟着正义行动";
"宁愿被杀,不愿当傻子";
你"超出混战"——不怕一切诟骂。

十月革命胜利,你满怀惊喜,
看见劳动者翻身,掌握了政权;
一个夏天,你做了克里姆林宫的贵宾,
访问斯大林、高尔基和千百万工人;

从此你确信正义不灭,理性长存,
从两个世界之间,你选择了道路——
一面把爱情交给苏维埃联盟;

一面谴责一切侵略战争。

"日耳曼人"又一次进行冒险，
想用屠杀和纵火征服世界，
在卍字的毒焰所蔓延的地方，
田园变成坟墓，生命变成枯骨；

法西斯匪徒闯进你的国土，
亲爱的巴黎被残暴的手扼住；
康边森林里贝当的一个签字，
把公社的子孙出卖变成俘虏；

从一九四〇到一九四四，四年了！
岁月在紫色的血泊中凝冻，
但"自由的法兰西"不曾死亡，
她活在地下，呼吸在反抗者的心中；

你爱祖国，莫过于当她受难时，
你守护她，一如儿子守护母亲，
在她蒙受凌辱时，你蒙受凌辱，
而当她被解放时，你得到解放。

如今你终止了生命的旅程，
你的祖国已恢复她应有的尊敬；
你的敌人受到了最严酷的惩罚——
看啊，柏林已战栗在红军的炮火之下……

一九四五年一月二十七日

狂欢的夜晚

"日本无条件投降了!"
消息像闪电,
划过黑夜的天空……
人们从各个角落涌出……
向街上奔走……
向广场奔走……
"日本投降了!"
没有什么话比这
更动人!
更美丽!
有人在点燃火把,
有人在传递火把,
有人举着火把来了,
拿着火把的都出发了……
一个、两个、三个、四个……
愈来愈多了……
愈来愈多了……
什么地方在不停地敲着钟……
钟声向世界宣告:
"正义胜利了!"
"伟大的人民胜利了!"
"苦难的人民胜利了!"
快乐的锣鼓响了……
人群,到处都是人群!

感激传染着感激，
欢喜传染着欢喜；
个个都挺着胸脯，
高高地举着火把，
跟随锣鼓队
拥向街市……
所有的门都打开，
迎接欢乐，
款待欢乐，
欢乐是今天夜晚最高贵的客人。
锣鼓的声音，
直冲到天上……
连星星都要震下来了！
洋槐树都震得抖动了！
火把照耀着队伍，
锣鼓伴送着队伍，
队伍来到了空场，
队伍走成了一个又厚又大的圆圈，
人人的脸映着火光，
人人的心像火把一样，
忧愁被锣鼓赶跑了！
阴影被火光吓退了！
锣鼓更响了！
火把更亮了！
天地合抱了！
笑呀！叫呀！
奔呀！跳呀！
舞蹈呀！
拥抱呀！

没有人能抑住自己的感情!
人人的心都像火把一样燃烧……
地壳在群众的脚步下震动了!
这是伟大的狂欢节!
胜利的狂欢节!
解放的狂欢节!
这是中国人民
用眼泪换来的欢乐,
用血汗栽培的花果,
这是毛泽东同志、朱总司令
八路军、新四军带给我们的幸福!
这是斯大林元帅
伟大红军带给我们的幸福!
这是人民和自由解放的婚礼!
男的个个是新郎,
女的个个是新娘!
告诉我:什么夜晚
能比今天更动人? 更美丽?
告诉我:什么欢乐
能像今天夜晚
这样激荡万人的心呢?

一九四五年八月十日夜

两 亲 家

在中国有两个国民党:

一个在重庆,一个在南京,
互相说对方是假,
不知究竟谁是真?

一样的主义,
一样的总理,
一样的旗子,
一样的标记;

有时他们摩拳擦掌,
有时又挤眉弄眼,
有时竟破口大骂,
有时又把密使派遣——
南京驻在重庆的,
有陶希圣,吴开先;
重庆驻在南京的,
有周佛海,丁默村;

这边到那边,那边到这边,
一年四季都有人往还,
这边说:请向蒋总裁问好!
那边说:请向汪总裁请安!

这真是一对老亲家——
为了生意难免要吵架,
但他们既是"婚姻的系属",
迟早终要"统一""同化"!

播谷鸟集(七首)

耙　　地

一匹马
拉着耙
向前
向前

人站在耙上
像站在筏上
耙的前面
土地像河流
耙的后面
土块像水浪

杨柳青了
草也绿了
花也开了
鸟也叫了
马跑着
耙向前
向前

两只白蝴蝶
从地里

飞过……

地多么宽
地多么广
耙飞跑着
飞跑着
来来
往往

耙上的人
一边吆喝
一边唱歌
"东方红
　太　阳　升
　……"

送　　粪

咯隆隆
咯隆隆

谁家的媳妇
露出粗壮的胳膊
迈着大步
推着土车
一车一车
把圈粪送到地里

额上流着汗

嘴上含着笑
她的眼睛在说
以后的日子好了

肥料下地广
粮食收满仓
咯隆隆
咯隆隆

土车也一样
不像往年
老是咯吱吱
咯吱吱地啼哭
如今变了
它大声地笑着
从村庄到野地
从野地到村庄

咯隆隆
咯隆隆

浇　　地

驴子走
水车转

一个妇女
坐在水车边
她的怀里

躺着一个小孩
睡的甜又甜

驴子走
水车转
驴子走慢了
妇女就吆喝一声
驴子又加快了

转了几转
驴子走
水车转

水从水斗
倒出来
沿着土沟
往下流
流到地里
地里白晃晃发亮

这是新分到的土地
这是发香的土地
这是亲爱的土地

驴子走
水车转

一个男子
用锄头引水

水头向前渗
向前渗
浸透了干土

驴子走
水车转

太阳下山了
天也暗了
但他们还不回去
好像连夜里
也要宿在地里

掏　　土

老乡啊
刮大风了
天也要黑了
快休息吧

只他一个人
一锄又一锄
掏着黄土
用手抹着汗
天快黑了
他也不知道

老乡啊
风刮的好大

树都摇摆了
天已黑了
快休息吧
不
春发东风连夜雨

趁雨没有来
把地掏松
雨来了
让它浸个透
等天晴了
撒下种子

春　雨

云从东方来
天下雨了
从东到西
从南到北
雨洒着冀中平原
农民牵着牲口
回去了
水车不转了
轮子停了
到处都淋着雨水
到处都好像在笑

一个农妇
站在门口看着雨

笑着说
"有了地了
天又下雨了
真的翻了身"

往年
榆树皮
槐树子
绿豆壳子
谷糠饼子
什么都吃

麦子和谷子
进了地主的肚子
从今以后
地是自己的
一想到
打下的粮食
全归自己
她的心开花了

春雨贵如油
拼命地下吧
把土地灌透
八十三场雨
一亩六七亩
吃穿不用愁

喜　鹊

村子的边上
有一排高树
最高的枝枝上
有一个喜鹊窝

喜鹊站在树巅
最早看见太阳
它哑着嗓子说
"太阳出来了!
太阳出来了!"
长长的尾巴
一翘一翘……

它从树巅飞走了
飞到野地里

一个农民
站在耙上
赶着两匹驴子
从地的这一头
到地的那一头

喜鹊朝着农民
哑着嗓子说
"日子好了
恭喜! 恭喜!"

播 谷 鸟

年年春天
播谷鸟在叫唤
"割麦插禾
割麦插禾
地主吃饱
农民受饿"

播谷鸟,播谷鸟
看见农民的辛苦
看见打下的粮食
送进地主的仓库
它的叫唤像在哭
叫人听了真难过

今年春天
播谷鸟又叫唤
声音可不同了
"春雷响过
雨也下过
翻了身的人
快种谷!"

一九四八年春　获鹿

第四辑 归来的歌

春 姑 娘

春姑娘来了——
你们谁知道,
她是怎样来的?

我知道!
我知道!

她是南方来的,
前几天到这里,
这个好消息,
是燕子告诉我的。

你们谁看见过,
她长的什么样子?
我知道!
我知道!

她是一个小姑娘,
长得比我还漂亮,
两只眼睛水汪汪,
一条辫子这么长!

她赤着两只脚,
裤管挽在膝盖上;

在她的手臂上,
挂着一个大柳筐。

她渡过了河水,
在沙滩上慢慢走,
她低着头轻轻地唱,
那声音像河水在流……

看见她的样子,
谁也会高兴;
听见她的歌声,
谁也会快乐。

在她的大柳筐里,
装满了许多东西——
红的花,绿的草,
还有金色的种子。

她是一个好姑娘,
又聪明,又勤劳,
在早晨的阳光里,
一刻也不休息:

她把花挂在树上,
又把草铺在地上,
把种子撒在田里,
让它们长出了绿秧。

她在田垄上走过,

母牛仰着头看着,
小牛犊蹦跳着,
大羊羔咩咩地叫着……

她来到村子里,
家家户户都高兴,
一个个果园子,
都打开门来欢迎;

园子里多热闹,
到了许多亲戚——
有造糖的蜜蜂,
有爱打扮的彩蝶;

那些水池子,
擦得亮亮的,
春姑娘走过时,
还照一照镜子;

各种各样的鸟,
唱出各种各样的歌,
每一只鸟都说:
"我的心里真快乐!"

鸟儿飞来飞去,
歌也老不停止——
大家都说:"春姑娘,
愿你永远在这里!"

只有那些鸭子,
不会飞也不会唱歌,
它们呆呆地站着,
拍着翅膀大笑着……

它们说:"春姑娘!
我们等你好久了!
你来了就好了!
我们不会唱歌,哈哈哈……"

一九五〇年三月二十八日

给乌兰诺娃

——看芭蕾舞《小夜曲》后作

像云一样柔软,
像风一样轻,
比月光更明亮,
比夜更宁静——
人体在太空里游行;

不是天上的仙女,
却是人间的女神,
比梦更美,
比幻想更动人——
是劳动创造的结晶。

西　　湖

月宫里的明镜
不幸失落人间
一个完整的圆形
被分成了三片

人们用金边镶裹
裂缝以漆泥胶成
敷上翡翠、涂上赤金
恢复它的原形

晴天，白云拂抹
使之明洁
照见上空的颜色

在清澈的水底
桃花如人面
是彩色缤纷的记忆

一九五三年四月

三株小杉树

年轻的杉树长满了嫩芽
嫩得好像要滴下水来
园里的草地露水很重
人走进的时候鞋子都湿了

早上的阳光照在露珠上
每颗露珠都在发亮
我摘了一个杉树的果子
手上沾满了果子的芳香

一九五四年七月

一个黑人姑娘在歌唱

在那楼梯的边上,
有一个黑人姑娘,
她长得十分美丽,
一边走一边歌唱……

她心里有什么欢乐?
她唱的可是情歌?

她抱着一个婴儿，
唱的是催眠的歌。

这不是她的儿子，
也不是她的弟弟；
这是她的小主人，
她给人看管孩子；

一个是那样黑，
黑得像紫檀木；
一个是那样白，
白得像棉絮；

一个多么舒服，
却在不住地哭；
一个多么可怜，
却要唱欢乐的歌。

一九五四年七月十七日　里约热内卢

怜悯的歌

在这太阳初升的早晨，
我要唱一支怜悯的歌——
里约热内卢，
欢乐多，苦难更多！

十里海湾的沙滩上,
有无数下水道的钢管,
从一个钢管里钻出一个少年,
穿着一条破裤子,一件破汗衫;

他高高地举起两臂,
分开两腿,挺直了腰,
好像看见一个老朋友,
站在那里朝着太阳笑……

他的头发鬈曲,皮肤黧黑,
身体瘦削像一只螳螂,
这一个年轻貌美的黑人,
就以钢管当做他的住房。

请告诉我你是什么人?
在这繁华的都市怎样生存?
难道连木片搭的房子也没有?
也没有那抚爱你的母亲?

也许你是一个混血儿,
(这在美洲是多么平常!)
你找不到那两个生你的人,
他们生你只因为一次偷情?

里约热内卢,
原是一个淫狎的地方——

当夜晚,街上灯火辉煌,
白种的老头子挽着黑种的姑娘。

一九五四年七月　里约热内卢

礁　石

一个浪,一个浪,
无休止地扑过来,
每一个浪都在它脚下
被打成碎沫、散开……

它的脸上和身上
像刀砍过的一样
但它依然站在那里
含着微笑,看着海洋……

一九五四年七月二十五日

珠　贝

在碧绿的海水里
吸取太阳的精华
你是虹彩的化身

璀璨如一片朝霞

凝思花露的形状
喜爱水晶的素质
观念在心里孕育
结成了粒粒珍珠

一九五四年七月二十五日

在智利的海岬上
——给巴勃罗·聂鲁达

让航海女神
守护你的家

她面临大海
仰望苍天
抚手胸前
祈求航行平安

一

你爱海,我也爱海
我们永远航行在海上

一天,一只船沉了

你捡回了救命圈
好像捡回了希望
风浪把你送到海边
你好像海防战士
驻守着这些礁石
你抛下了锚
解下了缆索
回忆你所走过的路
每天瞭望海洋

二

巴勃罗的家
在一个海岬上
窗户的外面
是浩淼的太平洋

一所出奇的房子
全部用岩石砌成
像小小的碉堡
要把武士囚禁

我们走进了
航海者之家
地上铺满了海螺
也许昨晚有海潮

已经残缺了的

木雕的女神
站在客厅的门边
像女仆似的虔诚

阁楼是甲板
栏杆用麻绳穿连
在扶梯的边上
有一个大转盘

这些是你的财产：
古代帆船的模型
褐色的大铁锚
中国的大罗盘
（最早的指南针）
大的地球仪
各式各样的烟斗
和各式各样的钢刀

意大利农民送的手杖
放在进门的地方
它陪伴一个天才
走过了整个世界

米黄色的象牙上
刻着年轻的情人
穿着乡村的服装
带着羞涩的表情
像所有的爱情故事

既古老而又新鲜

手枪已经锈了
战船也不再转动
请斟满葡萄酒
为和平而干杯!

三

房子在地球上
而地球在房子里

壁上挂了一顶白顶的
　　黑漆遮阳的海员帽子
好像这房子的主人
今天早上才回到家里

我问巴勃罗:
"是水手呢?
还是将军?"
他说:"是将军,
你也一样;
不过,我的船
已失踪了
沉没了……"

四

你是一个船长,

还是一个海员?
你是一个舰队长,
还是一个水兵?
你是胜利归来的人,
还是战败了逃亡的人?
你是平安的停憩,
还是危险的搁浅?
你是迷失了方向,
还是遇见了暗礁?

都不是,都不是。
这房子的主人
是被枪杀了的洛尔伽的朋友
是受难的西班牙的见证人
是一个退休了的外交官
不是将军。

日日夜夜望着海
听海涛像在浩叹
也像是嘲弄
也像是挑衅

巴勃罗·聂鲁达
面对着万顷波涛
用矿山里带来的语言
向整个旧世界宣战

五

在客厅门口上面
挂了救命圈
现在船是在岸边
你说:"要是船沉了
我就戴上了它
跳进了海洋。"

方形的街灯
在第二个门口
这样,每个夜晚
你生活在街上

壁炉里火焰上升
今夜,海上喧哗
围着烧旺了的壁炉
从地球的各个角落来的
　　十几个航行的伙伴
喝着酒,谈着航海的故事

我们来自许多国家
包括许多民族
有着不同的语言
但我们是最好的兄弟

有人站起来

用放大镜
在地图上寻找
没有到过的地方

我们的世界
好像很大
其实很小
在这个世界上
应该生活得好

明天,要是天晴
我想拿铜管的望远镜
向西方瞭望
太平洋的那边
是我的家乡
我爱这个海岬
也爱我的家乡

这儿夜已经很深
初春的夜晚多么迷人

六

在红心木的桌子上
有船长用的铜哨子

拂晓之前,要是哨子响了
我们大家将很快地爬上船缆

张起船帆,向海洋起程
向另一个世纪的港口航行……

    一九五四年七月二十四日晚 初稿
    一九五六年十二月十一日 整理

告　别

冬天将要过去了
春天还没有到来

浅灰色的早晨
我离开你
离开你动人的声音
离开你温热的手掌
离开你宽阔的胸膛
离开你的拥抱
说了一声:"再见。"
不可能许下重聚的日期
就这样地,我离开你
离开我的兄弟
离开智利

你像一个士兵
穿着草绿色的粗呢大衣
外貌十分温静

心里却燃烧着

对于叛徒和走狗的仇恨

和对于千百万人的爱情

你守卫着山顶白雪的纯洁

守卫着海边浪花的澄碧

守卫着北部的矿山

守卫着南部的森林

守卫着年轻人的幸福和希望

守卫着星光之夜的宁静

守卫着音节响亮的语言

守卫着手制黑陶的年老的妇人

但是那些奸细

整天进行秘密交易的人们

他们憎恨你,直到恨入骨髓

向你投来斜视的眼光

他们憎恨你,想窒息你的声音

恨不得想把你揉碎

他们要把铜矿和硝矿

廉价地出卖给美国商人

甚至想把你的血

倒进举杯庆贺的混合酒里

这些人早已习惯了

那血液的苦涩的滋味

而更多的人

却和你在一起

无论在圣地牙哥
还是瓦拍拉伊索
当我和你行走在街上
那些衣服褴褛的人们
不断地向你打招呼致敬
他们叫你的名字
就像叫自己的兄弟
当你出现在群众集会上
会场里挤满了人
（连警察都不敢进去）
大家自由地坐着或站着
大家自由地发出笑声
儿童们都挤到讲台旁边
仰着小小的脑袋
大家的眼睛闪耀着光辉
听着你富有智慧的语言

你站在路边
和一个渔夫交谈
他是和海浪搏斗的老人
咸味的风把他的脸吹黑了
你说他是民间诗人
为他打开了酒瓶
他像一个孩子似的天真
痛快地喝着酒
从他发皱的嘴里
流出韵律和谐的声音

你和更多的人在一起
诞生你的是山岳和海洋
你是大自然的一个部分
而你是属于群众的
有的心是属于群众的
有的感情和语言是属于群众的
全世界都有你的朋友
人们多么容易理解你
像人们理解树和岩石一样
像人们理解海和山一样
像人们理解自己一样

飞机的螺旋桨已经旋转
飞机已慢慢地离开地面
你挥着手和朋友告别
你站在生你的土地上
我远远地看着你的影子
你的确像一个忠实的士兵
你是一个士兵。

一九五四年　初稿
一九五七年　整理

大 西 洋

离开了西非洲，

飞向南美洲,
在飞机的下面,
是茫茫的大西洋……

今天,海上没有风,
静静的大西洋,
是一片磨砂玻璃般的
广阔、灰白的平面;
没有船只、没有舰队,
连捕鱼的小艇也看不见,
好像回到了洪荒时代,
寂寞、荒凉、没有人影;
大西洋深深地睡着,
无冤无仇、没有牵挂,
好像时间并不存在,
世界也没有什么纠纷。

当然,
事实并不如此简单。
在目力所不能及的
迷蒙的、遥远的地方,
到处都埋伏着危险。
大西洋的虚饰的平静,
好像神话里的人面兽身,
脸上露着神秘的微笑,
看着每一个过路的人,
她的一只前脚向前提起,
嘴里发出诡谲的问题,

谁要是猜不透她的谜，
谁就要在她面前倒毙。

我好像置身在原始森林里，
警戒着那突如其来的袭击。
我的头紧靠着窗户，
眼睛俯视着大西洋，
随着飞机在空际运行，
引起我无限的感想……

于是，我看见了
一个真实的大西洋——
汹涌着野性的波涛，
扩展着暴力的大西洋。
在这个大西洋里，
海岸和海岸互相仇视，
岛屿和岛屿互相对立，
每一块礁石都充满仇恨。

我看见，在那边
大西洋的东西两岸
任何的一个角落，都布满
比人身上更细微、更繁杂的神经，
假如我们能把空气
像切一块肉冻似的
切下太空中的一小片，
假如无形的、流动着的电波
每一次都是一条线，

那么,在这一小片的空气里面,
就纠缠着
比一个疯狂的女人的发丝
更难于清理的线,
这些线,杂色纷呈,
里面透露预谋着的战争;
有关千百万生命的
阴险而又残酷的计划;
和想把某一个正在成长的国家
如何用老练的外交手腕
突然扼死的方案。

多少年了,大西洋啊,
成了大海盗的渊薮,
殖民主义的发祥地,
世界大战的温床!

在那些远方的海港里,
我们可以看到
停泊着数不清的舰只,
远远看去像是海上的城市,
每一只军舰都在等待着
那离开港口的
揭去炮衣的严重的时刻。

而在北大西洋的两岸,
喧闹腾天的大都市的
某些摩天楼的里面,

也正有许多人
为了一批批军火的脱销
忙乱地拨动着算盘……

夜晚,在某个大厦的
灯光透亮的会议室里,
也正有人私议着,如何
进攻一个年轻的共和国;
以及武装一师吴庭艳的军队,
比武装一师
由芝加哥失业工人所组成的军队,
究竟能省下多少钱。
飞机飞在大西洋的上空,
我的心随着马达的声音在跳动……

生命原是无价之宝,
但在贩卖战争的人们看来,
生命是不值钱的,
在他们的天平上,
一个砝码,就得要用
一千页的写满人名的本子
才能保持平衡。

帝国主义的军阀和财阀
已成为整个世界的灾难,
他们的贪欲和野心,
比任何帝王的都更大;
他们想把整个地球

把握在自己肥胖的手里,
像一个三岁的小孩
把握一个苹果似的;
他们随时都想点起战火,
好像是点起鞭炮似的;
他们想拿别的民族的命运
作一次最大规模的游戏,
他们向人说:"这是上帝的意旨。"
心里却窃笑着自己就是"上帝"。
但是,这一切都要过去了。
从欧洲到南北美洲,
从非洲到亚洲,
和那星散的澳洲,
处处都有愤怒的火山在爆发,
争自由与解放的呼号
比大西洋的风浪更高更大……

每个人都爱惜自己的生命,
每个生命都只能存在一次,
每个人不是孤单的一个体积,
人人维系着自己身边的一群——
自己认识的人,一同劳动的人,
命运相同的人,甘苦与共的人,
自己所爱的人和爱自己的人,
正因为如此,人会变得勇敢,
不惜抛弃自己去保护别人,
　自己也被保护着,虽然不能看见;
人与人之间由许多观念维系着,

每个观念都是一种巨大的力量,
我们的教育和其他的精神活动,
在培养我们把自己
溶化在许多庄严的观念里面,
人越觉醒,越能无所畏惧,
也越能为了全体而牺牲自己。
而那些暴君,那些佞臣,那些奸细,
他们只是少数的人,极少数的人,
那些贩卖军火的是极少数的人,
那些从战争取得利润的是极少数的人,
那些吸吮人血的是极少数的人,
他们都是犯罪的人,
他们都是窃居高位的人,
他们都是偷盗财富的人,
这些人在等待着最后的审判,
他们的末日很快就要来临。

我们面临着一个新的世纪,
人与人的关系在改变着,
许多观念赋有了新的意义,
新的人在成千成万地诞生……

我们是工厂里的、码头上的工人,
是铁路上的、矿山里的工人,
是一切大大小小的作坊里的工人;
我们是土地的耕耘者,
是手拿镰刀的人,
是垦荒的人,是牧畜的人,

自从一天我们觉醒了，
我们就是国家的血液和心灵，
我们是创造新的历史的人。

有人在问：
我们的愿望是什么？

我们不幻想豺狼有仁慈，
我们也不向强盗乞求怜悯，
千百次的经验向我们证实：
要取得胜利只有通过斗争。
我们按照自己的愿望，
在进行着劳动和创造，
我们所创造的应该属于自己。
我们像禾草那么众多而又单纯，
像山岩似的领受暴风雨的打击，
我们像煤块似的坚硬而又沉默，
等时间到来，就发出熊熊的火焰……

我们给旧世界挖掘坟墓，
听啊，巨人正在敲打丧钟……

在长期的考验中
我们挑选而又培植
那些忠实于我们的人作为领袖，
他们和我们受过同样的折磨，
他们知道我们的痛苦和欢乐，
他们吸引我们，像磁铁吸引生铁，

我们信任他们,像信任自己的良心。

我们是地面上劳动的人们,
我们是手转绞盘的人们,
我们把无数想践踏我们的人打倒了,
我们烧毁了久久欺骗我们的偶像,
我们的人数越来越多,
没有山和水能隔断我们,
我们散布在地球的每个角落,
甚至连大西洋的两岸,
甚至那些星散的岛屿上,
都有我们的人。
我们以劳动和智慧联结在一起,
引导我们的是最光辉的真理:
"我们空无所有,但要得到一切!"
任何财富都将永远属于我们。
我们已为自己建造起新的宫殿
伟大的劳动在改变地球的面貌
一切美好的事物将从我们手中产生,
所有的寄生者都将化为灰尘。
我们的意志坚如磐石:
我们不要战争。
和平与友谊好像一辆列车,
带着轰鸣与欢笑向前直奔……

人面狮身的谜解开了。
此刻,在我面前出现的
是一个新的大西洋——

粼粼的水波闪着金光。
从那些海岸和岛屿，
传来了一阵阵的歌声，
它是如此柔婉而又坚定，
抒发出这时代最大的愿望，
它随着水波荡漾，漂得很远，
一直到每一个有人迹的地方……

      一九五四年七月　初稿
      一九五六年十月　改成

写在彩色纸条上的诗
——为年轻的人们而写，记苏联第十三届青年联欢晚会

一

绿色的纸条给你
红色的纸条给我
让我们拴在一起
唱一个快乐的歌

到那边树林里去吧
在树林里有野火
光从树叶里射出来
里面有人在唱歌

那歌声呀实在美
像一条林间的小河
它永远也唱不完
流注着无限的欢乐

二

你的鼻子像百合
你的嘴唇像花瓣
请摘下绸制的假面
让我看看你的眼睛

眼睛是灵魂的窗子
从它们看见你的心
你的眼睛是纯朴的
你有一颗纯朴的心

三

你有你的依林娜
我有我的娜塔莎
你们要到河边去
而我们却更爱树林

我们游憩在树林里
生活比传说更美丽
蓝色的灯、红色的灯
使树林充满了神秘

四

让我和你跳一个舞
跳一个像风一样轻的舞
跳一个使裙子旋转的舞
跳一个青春的舞、热烈的舞

明天,当太阳上升的时候
我们将穿过露水的草地
你进你的课堂
我进我的工厂

五

和平像一片蓝天
和平像一片绿茵
而时间啊是蜜酒
我们是喝蜜酒的人

和平是你的
也是我的
是我们大家的
谁也不能碰的

六

欢乐不是钱买的

欢乐坐着智慧的小艇
现在我们是在河里
我们在欢乐中前进

莫斯科的秋天多么美
秋天的夜晚更是迷人
树枝投下了最初的落叶
空气像是冰镇过的果汁

一九五四年八月二十八日晚　莫斯科

小蓝花

小小的蓝花
开在青色的山坡上
开在紫色的岩石上

小小的蓝花
比秋天的晴空还蓝
比蓝宝石还蓝

小小的蓝花
是山野的微笑
寂寞而又深情

一九五六年

高　原

这儿的白天
为什么热

这儿太高
离太阳近

这儿的夜晚
为什么冷

这儿太高
离月亮近

为什么离太阳近了热
为什么离月亮近了冷

太阳是火
月亮是冰

启　明　星

属于你的是

光明与黑暗交替
黑夜逃遁
白日追踪而至的时刻

群星已经退隐
你依然站在那儿
期待着太阳上升

被最初的晨光照射
投身在光明的行列
直到谁也不再看见你

一九五六年八月

鸽　哨

北方的晴天
辽阔的一片
我爱它的颜色
比海水更蓝

多么想飞翔
在高空回旋
发出醉人的呼啸
声音越传越远……

要是有人能领会
这悠扬的旋律
他将更爱这蓝色
——北方的晴天

一九五六年

下雪的早晨

雪下着,下着,没有声音,
雪下着,下着,一刻不停,
洁白的雪,盖满了院子,
洁白的雪,盖满了屋顶,
整个世界多么静,多么静。

看着雪花在飘飞,
我想得很远,很远,
想起夏天的树林,
树林里的早晨,
到处都是露水,
太阳刚刚上升,
一个小孩,赤着脚,
从晨光里走来,
他的脸像一朵鲜花,

他的嘴发出低低的歌声,

他的小手拿着一根竹竿,
他仰起小小的头,
那双发亮的眼睛,
透过浓密的树叶
在寻找知了的声音……

他的另一只小手,
提了一串绿色的东西,
——一根很长的狗尾草,
结了蚂蚱、金甲虫和蜻蜓,
这一切啊,
我都记得很清。

我们很久没有到树林里去了,
那儿早已铺满了落叶,
也不会有什么人影;
但我一直都记着那个小孩,
和他的很轻很轻的歌声,
此刻,他不知在哪间小屋里。

看着不停地飘飞着的雪花,
或许想到树林里去抛雪球,
或许想到湖上去滑冰,
他决不会知道
有一个人想着他,
就在这个下雪的早晨。

一九五六年十一月十七日

鱼 化 石

动作多么活泼,
精力多么旺盛,
在浪花里跳跃,
在大海里浮沉;

不幸遇到火山爆发,
也可能是地震,
你失去了自由,
被埋进了灰尘;

过了多少亿年,
地质勘探队员,
在岩层里发现你,
依然栩栩如生。

但你是沉默的,
连叹息也没有,
鳞和鳍都完整,
却不能动弹;

你绝对的静止,
对外界毫无反应,
看不见天和水,

听不见浪花的声音。

凝视着一片化石,
傻瓜也得到教训:
离开了运动,
就没有生命。

活着就要斗争,
在斗争中前进,
即使死亡,
能量也要发挥干净。

小泽征尔

把众多的声音
调动起来,
听从你的命令
投入战争;

把所有的乐器
组织起来,
像千军万马
向统一的目标行进……

你的耳朵在侦察,
你的眼睛在倾听,

你的指挥棒上
跳动着你的神经;

或是月夜的行军,
听到嘚嘚的马蹄声;
或是低下头去,
听得情人絮语黄昏;

突然如暴雨骤至,
雷霆万钧,
你腾空而起
从毛发也听到怒吼的声音。

你有指挥战役的魄力,
你是音乐阵地的将军!
紧接最后一个休止符,
刮起了经久不息的掌声……

一九七八年六月十六日

伞

早晨,我问伞:
"你喜欢太阳晒
还是喜欢雨淋?"

伞笑了,它说:
"我考虑的不是这些。"

我追问它:
"你考虑些什么?"

伞说:
"我想的是——
雨天,不让大家衣服淋湿;
晴天,我是大家头上的云。"

酒

她是可爱的
具有火的性格
水的外形

她是欢乐的精灵
哪儿有喜庆
就有她光临

她真是会逗
能让你说真话
掏出你的心

她会使你

忘掉痛苦
喜气盈盈

喝吧,为了胜利
喝吧,为了友谊
喝吧,为了爱情

你可要当心
在你高兴的时候
她会偷走你的理性

不要以为她是水
能扑灭你的烦忧
她是倒在火上的油

会使聪明的更聪明
会使愚蠢的更愚蠢

互相被发现
——题"常林钻石"

> 物华天宝
> 人杰地灵
> ——王勃

不知道有多少亿年

被深深地埋在地里
存在等于不存在
连希望都被窒息

一个姑娘深翻土地
忽然看见它跳出来
姑娘的眼和钻石
同时闪出了光辉

像扭开一个开关
在一刹那的时间里
两种光互相照耀
惊叹对方的美丽

光彩夺目的金刚石
像一片淡黄色的阳光
照亮了祖国的大地
预告地下有无数宝藏

亮晶晶的金刚石
没有物质比它更坚硬
姑娘把它贡献给国家
用来叩开工业的大门

常林大队得到了钻石
钻石带着光辉来到人间
而比钻石更辉煌的
是姑娘热爱祖国的信念

镜　子

仅只是一个平面
却又是深不可测

它最爱真实
决不隐瞒缺点

它忠于寻找它的人
谁都从它发现自己

或是醉后酡颜
或是鬓如霜雪

有人喜欢它
因为自己美

有人躲避它
因为它直率

甚至会有人
恨不得把它打碎

光的赞歌

一

每个人的一生
不论聪明还是愚蠢
不论幸福还是不幸
只要他一离开母体
就睁着眼睛追求光明

世界要是没有光
等于人没有眼睛
航海的没有罗盘
打枪的没有准星
不知道路边有毒蛇
不知道前面有陷阱

世界要是没有光
也就没有杨花飞絮的春天
也就没有百花争妍的夏天
也就没有金果满园的秋天
也就没有大雪纷飞的冬天

世界要是没有光
看不见奔腾不息的江河

看不见连绵千里的森林
看不见容易激动的大海
看不见像老人似的雪山
要是我们什么也看不见
我们对世界还有什么留念

二

只是因为有了光
我们的大千世界
才显得绚丽多彩
人间也显得可爱

光给我们以智慧
光给我们以想象
光给我们以热情
创造出不朽的形象

那些殿堂多么雄伟
里面更是金碧辉煌
那些感人肺腑的诗篇
谁读了能不热泪盈眶

那些最高明的雕刻家
使冰冷的大理石有了体温
那些最出色的画家
描出色授魂与的眼睛

比风更轻的舞蹈
珍珠般圆润的歌声
火的热情、水晶的坚贞
艺术离开光就没有生命

山野的篝火是美的
港湾的灯塔是美的
夏夜的繁星是美的
庆祝胜利的焰火是美的
一切的美都和光在一起

三

这是多么奇妙的物质
没有重量而色如黄金
它可望而不可即
漫游世界而无体形
具有睿智而谦卑
它与美相依为命

诞生于撞击和磨擦
来源于燃烧和消亡的过程
来源于火、来源于电
来源于永远燃烧的太阳

太阳啊,我们最大的光源
它从亿万万里以外的高空
向我们居住的地方输送热量

使我们这里滋长了万物
万物都对它表示景仰
因为它是永不消失的光

真是不可捉摸的物质——
不是固体、不是液体、不是气体
来无踪、去无影、浩渺无边
从不喧嚣、随遇而安
有力量而不剑拔弩张
它是无声的威严

它是伟大的存在
它因富足而能慷慨
胸怀坦荡、性格开朗
只知放射、不求报偿
大公无私、照耀四方

四

但是有人害怕光
有人对光满怀仇恨
因为光所发出的针芒
刺痛了他们自私的眼睛

历史上的所有暴君
各个朝代的奸臣
一切贪婪无厌的人
为了偷窃财富、垄断财富

千方百计想把光监禁
因为光能使人觉醒

凡是压迫人的人
都希望别人无能
无能到了不敢吭声
让他们把自己当做神明

凡是剥削人的人
都希望别人愚蠢
愚蠢到了不会计算
一加一等于几也闹不清

他们要的是奴隶
是会说话的工具
他们只要驯服的牲口
他们害怕有意志的人

他们想把火扑灭
在无边的黑暗里
在岩石所砌的城堡里
永远维持血腥的统治

他们占有权力的宝座
一手是勋章、一手是皮鞭
一边是金钱、一边是锁链
进行着可耻的政治交易
完了就举行妖魔的舞会

和血淋淋的人肉的欢宴

回顾人类的历史
曾经有多少年代
沉浸在苦难的深渊
黑暗凝固得像花岗岩
然而人间也有多少勇士
用头颅去撞开地狱的铁门

光荣属于奋不顾身的人
光荣属于前赴后继的人
暴风雨中的雷声特别响
乌云深处的闪电特别亮
只有通过漫长的黑夜
才能喷涌出火红的太阳

五

愚昧就是黑暗
智慧就是光明
人类从愚昧中过来
那最先去盗取火的人
是最早出现的英雄
他不怕守火的鹫鹰
要啄掉他的眼睛
他也不怕天帝的愤怒
和轰击他的雷霆
于是光不再被垄断

从此光流传到人间

我们告别了刀耕火种
蒸汽机带来了工业革命
从核物理诞生了原子弹
如今像放鸽子似的
放出了地球卫星……
光把我们带进了一个
　　光怪陆离的世界：
X光,照见了动物的内脏
激光,刺穿优质钢板
光学望远镜,追踪星际物质
电子计算机
　　　把我们推向了二十一世纪

然而,比一切都更宝贵的
是我们自己的锐利的目光
是我们先哲的智慧的光
这种光洞察一切、预见一切
可以透过肉体的躯壳
看见人的灵魂

看见一切事物的底蕴
一切事物内在的规律
一切运动中的变化
一切变化中的运动
一切的成长和消亡
就连静静的喜马拉雅山

也在缓慢地继续上升

认识没有地平线
地平线只能存在于停止前进的地方
而认识却永无止境
人类在追踪客观世界中
留下了自己的脚印

实践是认识的阶梯
科学沿着实践前进
在前进的道路上
要砸开一层层的封锁
要挣断一条条的铁链
真理只能从实践中得以永生

六

光从不可估量的高空
俯视着人类历史的长河
我们从周口店到天安门
像滚滚的波涛在翻腾
不知穿过了多少的险滩和暗礁
我们乘坐的是永不沉没的船
从天际投下的光始终照引着我们……

我们从千万次的蒙蔽中觉醒
我们从千万种的愚弄中学得了聪明
统一中有矛盾、前进中有逆转

运动中有阻力、革命中有背叛

甚至光中也有暗
甚至暗中也有光
不少丑恶与无耻
隐藏在光的下面
毒蛇、老鼠、臭虫、蝎子
和许多种类的粉蝶——
她们都是孵化害虫的母亲
我们生活着随时都要警惕
看不见的敌人在窥伺着我们
然而我们的信念
像光一样坚强——
经过了多少浩劫之后
穿过了漫长的黑夜
人类的前途无限光明、永远光明

七

每一个人都是一个生命
人是银河星云中的一粒微尘
每一粒微尘都有自己的能量
无数的微尘汇集成一片光明
每一个人既是独立的
而又互相照耀
在互相照耀中不停地运转
和地球一同在太空中运转
我们在运转中燃烧

我们的生命就是燃烧
我们在自己的时代
应该像节日的焰火
带着欢呼射向高空
然后迸发出璀璨的光

即使我们是一支蜡烛
也应该"蜡炬成灰泪始干"
即使我们只是一根火柴
也要在关键时刻有一次闪耀
即使我们死后尸骨都腐烂了
也要变成磷火在荒野中燃烧

八

作为一个微不足道的人
天文学数字中的一粒微尘
即使生命像露水一样短暂
即使是恒河岸边的一粒细沙
也能反映出比本身更大的光
我也曾经用嘶哑的喉咙歌唱
在不自由的岁月里我歌唱自由
我是被压迫的民族,我歌唱解放
在这个茫茫的世界上
为被凌辱的人们歌唱
为受欺压的人们歌唱
我歌唱抗争,歌唱革命
在黑夜把希望寄托给黎明

在胜利的欢欣中歌唱太阳

我是大火中的一点火星
趁生命之火没有熄灭
我投入火的队伍、光的队伍
把"一"和"无数"融合在一起
为真理而斗争
和在斗争中前进的人民一同前进
我永远歌颂光明
光明是属于人民的
未来是属于人民的
任何财富都是人民的
和光在一起前进
和光在一起胜利
胜利是属于人民的
和人民在一起所向无敌

九

我们的祖先是光荣的
他们为我们开辟了道路
沿途留下了深深的足迹
每一足迹里都有血迹

现在我们正开始新的长征
这个长征不只是二万五千里的路程
我们要逾越的也不只是十万大山
我们要攀登的也不只是千里岷山

我们要夺取的也不只是金沙江、大渡河
我们要抢渡的是更多更险的渡口
我们在攀登中将要遇到
　　更大的风雪、更多的冰川……

但是光在召唤我们前进
光在鼓舞我们、激励我们
光给我们送来了新时代的黎明
我们的人民从四面八方高歌猛进

让信心和勇敢伴随着我们
武装我们的是最美好的理想
我们是和最先进的阶级在一起
我们的心胸燃烧着希望
我们前进的道路铺满阳光

让我们的每个日子
　　都像飞轮似的旋转起来
让我们的生命发出最大的能量
让我们像从地核里释放出来似的
　　　极大地撑开光的翅膀
　　　在无限广阔的宇宙中飞翔

让我们以最高的速度飞翔吧
让我们以大无畏的精神飞翔吧
让我们从今天出发飞向明天
让我们把每个日子都当做新的起点

或许有一天，总有一天
我们这个古老的民族
我们最勇敢的阶级
将接受光的邀请
去叩开千万重紧闭的大门
访问我们所有的芳邻

让我们从地球出发
飞向太阳……

一九七八年八月——十二月

致亡友丹娜之灵

谨以哀诗一首呈献于布拉格奥尔桑一号公墓九区三十八号丹娜的骨灰盒前。

动乱不安的年代，
友谊像阴天的芦苇，
在风中哆嗦着，
发出听不见的哀叹……

空间多么辽阔，
时间多么漫长，
翻开记忆的本子，
字迹已模糊不清：

你第一次下飞机,
就在人群里,
寻找一个写诗的人,
但他没有去欢迎。

你在中国度过了三年,
春花秋月,风和日丽,
你爱上这个国家,
和她的古朴的人民;

一九五七年秋天,
你受聘期满离开北京,
在为你送行的人群里面,
却少了一个写诗的人;

我在甩袖无边的大荒原,
收到来自布拉格的明信片;
我踌躇很久没有给你回信——
不相信蒲公英会飘到你身边。

整整过了十年,
维尔塔发河边发生了地震,
我最先想到的是你——
一个正直人的命运;

我曾到过你的书房——
那完全是中国人的书房,

不知你所编译的书怎么样?
不知《鲁迅全集》怎么样?

岁月在经受不可知的折磨,
空气被血腥所污染……
二十一年的杳无音讯,
如今是三九严寒的第二天,
突然像寒流侵袭,
"丹娜已不幸离开人间!"

你因车祸身亡,
时间是一九七六年十月三十日。
这消息传到我耳边,
已迟了整整两年!

我好像看见一株葱翠的小松树,
突然被狂风连根拔走了;
我好像看见一座正在延伸的桥梁,
突然被山洪冲断了……

你多么热爱中国
把她看做自己的国家,
在最困难的时候保卫她,
在各种压力下拒绝反对她。

死亡夺去了你想再到中国的希望,
夺去了你和中国朋友们团聚的希望。

经过了漫长的二十一年，
我总算恢复了应有的尊严，
你听到这消息该多么高兴，
因为你一直为我的处境愤愤不平。

但是，你已长眠于九泉之下
再也听不见我的歌声，
这歌声你是熟悉的——
即使最欢乐的时候也有悲酸……

而在我的桌子上，
留着你送给我的烟灰缸，
它好像什么也不知道，
依然闪闪发光……

我们这个时代的友情，
多么可贵又多么艰辛——

像火灾后留下的照片，
像地震后拣起的瓷碗，
像沉船露出海面的桅杆，
一场浩劫之后的一丝苦涩的微笑，
永远无法完成的充满遗憾的诗篇……

安息吧，
亲爱的丹娜。

一九七九年一月十一日

盆　景

好像都是古代的遗物
这儿的植物成了矿物
主干是青铜,枝丫是铁丝
连叶子也是铜绿的颜色
在古色古香的庭院
冬不受寒,夏不受热
用紫檀和红木的架子
更显示它们地位的突出

其实它们都是不幸的产物
早已失去了自己的本色
在各式各样的花盆里
受尽了压制和委屈
生长的每个过程
都有铁丝的缠绕和刀剪的折磨
任人摆布,不能自由伸展
一部分发育,一部分萎缩
以不平衡为标准
残缺不全的典型
像一个个佝偻的老人
夸耀的就是怪相畸形
有的挺出了腹部

有的露出了块根
留下几条弯曲的细枝
芝麻大的叶子表示还有青春
像一群饱经战火的伤兵
支撑着一个个残废的生命

但是,所有的花木
都要有自己的天地
根须吸收土壤的营养
枝叶承受雨露和阳光
自由伸展发育正常
在天空下心情舒畅
接受大自然的爱抚
散发出各自的芬芳

如今却一切都颠倒
少的变老、老的变小
为了满足人的好奇
标榜养花人的技巧
柔可绕指而加以歪曲
草木无言而横加斧刀
或许这也是一种艺术
却写尽了对自由的讥嘲

　　一九七九年二月二十三日　广州参观盆景展览

海水和泪

海水是咸的
泪也是咸的

是海水变成泪?
是泪流成海水?

亿万年的泪
汇聚成海水

终有一天
海水和泪都是甜的

盼　　望

一个海员说,
他最喜欢的是起锚所激起的那
一片洁白的浪花……

一个海员说,
最使他高兴的是抛锚所发出的
那一阵铁链的喧哗……

一个盼望出发

一个盼望到达

一九七九年三月　上海

墙

一堵墙,像一把刀

把一个城市切成两片

一半在东方

一半在西方

墙有多高?

有多厚?

有多长?

再高、再厚、再长

也不可能比中国的长城

更高、更厚、更长

它也只是历史的陈迹

民族的创伤

谁也不喜欢这样的墙

三米高算得了什么

五十厘米厚算得了什么

四十五公里长算得了什么

再高一千倍

再厚一千倍
再长一千倍
又怎能阻挡
天上的云彩、风、雨和阳光?

又怎能阻挡
飞鸟的翅膀和夜莺的歌唱?

又怎能阻挡
流动的水和空气?

又怎能阻挡
千百万人的
比风更自由的思想?
比土地更深厚的意志?
比时间更漫长的愿望?

一九七九年五月二十二日　波恩

慕尼黑

慕尼黑
像巴伐利亚啤酒店的主妇
身体健康而有风韵
谁见到她都要钟情

但是
慕尼黑的名声不好
大家都在咒骂她
把她看作灾祸的象征

因为她
曾经和一个纵火犯鬼混
那是个十足的流氓
比魔鬼还要恶三分

还有一个带伞的英国人
还有一个窄额头的法国人
三个人一边喝啤酒
一边把邻居出卖了

接着是整个欧罗巴
升起了熊熊大火
连慕尼黑她自己
也卷到大火里面

慕尼黑
是从瓦砾堆里爬出来的
眼睛里流着眼泪
嘴里念念有词
她能埋怨谁呢

花了整整三十五年
才医治了战争的创伤

但她已失去了青春

如今
巴伐利亚的啤酒
依然招引了四面八方的客人
第二代的慕尼黑
比母亲更美丽、也更殷勤
但愿她不再和魔鬼交朋友
把门户看得紧
接受母亲的教训
生活得更聪明……

一九七九年五月三十日
在慕尼黑市政府的宴会之后

维也纳的鸽子

早晨,所有的鸽子
都高兴地鼓动着翅膀

维也纳是鸽子的城
在高高的钟楼上
在古老建筑物的窗檐上
在灰色城堡的岗楼上
在十七世纪的教堂——
　　皇家的陵墓上

到处都有鸽子鼓动着翅膀……

维也纳的鸽子
从来不怕人
在公园的菩提树下面
在林间小道上

在喷水池边
在旅游者走过的地方
维也纳的鸽子
自由自在地迈着步子
毫不惊慌
维也纳的鸽子
显得多么镇定
显得漠不关心
好像没有听见过枪声
也没有看见过火灾
永远那么安详

维也纳的鸽子是健忘的
它们也曾被打散
逃亡到别的地方
然后又回来
在劫后的废墟上寻找食粮
看着维也纳的鸽子
　踌躇满志的模样
的确给人以梦
给人以幻想

维也纳的鸽子正飞到
　施特劳斯雕像的提琴上
平静地合上了翅膀

维也纳的鸽子
是我们这时代的天平上的
　一颗小小的砝码
维系着千百万人对于和平的愿望

古罗马的大斗技场

也许你曾经看见过
这样的场面——
在一个圆的小瓦罐里
两只蟋蟀在相斗，
双方都鼓动着翅膀
发出一阵阵金属的声响，
张牙舞爪扑向对方
又是扭打、又是冲撞，
经过了持久的较量，
总是有一只更强的
撕断另一只的腿
咬破肚子——直到死亡。

古罗马的大斗技场

也就是这个模样,
大家都可以想象
那一幅壮烈的风光。

古罗马是有名的"七山之城"
在帕拉丁山的东面
在锡利山的北面
在埃斯撰林山的南面
那一片盆地的中间
有一座——可能是
全世界最大的斗技场,
它像圆形的古城堡
远远看去是四层的楼房,
每层都有几十个高大的门窗
里面的圆周是石砌的看台
可以容纳十多万人来观赏。

想当年举行斗技的日子
也许是一个喜庆的日子
这儿比赶庙会还要热闹
古罗马的人穿上节日的盛装
从四面八方都朝向这儿
真是人山人海——全城欢腾
好像庆祝在亚洲和非洲打了胜仗
其实只是来看一场残酷的悲剧
从别人的痛苦激起自己的欢畅。

号声一响

死神上场

当角斗士的都是奴隶
挑选的一个个身强力壮,
他们都是战败国的俘虏
早已妻离子散、家破人亡,
如今被押送到斗技场上
等于执行用不着宣布的死刑
面临着任人宰割的结局
像畜棚里的牲口一样;
相搏斗的彼此无冤无仇
却安排了同一的命运,
都要用无辜的手
去杀死无辜的人;
明知自己必然要死
却把希望寄托在刀尖上;

有时也要和猛兽搏斗
猛兽——不论吃饱了的
还是饥饿的都是可怕的——
它所渴求的是温热的鲜血,
奴隶到这里即使有勇气
也只能是来源于绝望,
因为这儿所需要的不是智慧
而是必须压倒对方的力量;

看那些"打手"多么神气!
他们是角斗场雇用的工役

一个个长的牛头马面
手拿铁棍和皮鞭
(起先还戴着面具
后来连面具也不要了)
他们驱赶着角斗士去厮杀
进行着死亡前的挣扎;
最可怜的是那些蒙面的角斗士
(不知道是哪个游手好闲的
想出如此残忍的坏点子!)
参加角斗的互相看不见
双方都乱挥着短剑寻找敌人
无论进攻和防御都是盲目的——
盲目的死亡、盲目的胜利。

一场角斗结束了
那些"打手"进场
用长钩子钩曳出尸体
和那些血淋淋的肉块
把被戮将死的曳到一旁
拿走武器和其他的什物,
奄奄一息的就把他杀死;
然后用水冲刷污血
使它不留一点痕迹——
这些"打手"受命于人
不直接去杀人
却比剑子手更阴沉。

再看那一层层的看台上

多少万人都在欢欣若狂
那儿是等级森严、层次分明
按照权力大小坐在不同的位置上,
王家贵族一个个悠闲自得
旁边都有陪臣在阿谀奉承;
那些宫妃打扮得花枝招展
与其说她们是来看角斗
不如说到这儿展览自己的青春
好像是天上的星斗光照人间;
有"赫赫战功"的,生活在
奴隶用双手建造的宫殿里
奸淫战败国的妇女;
他们的餐具都沾着血
他们赞赏血腥的气味;
能看人和兽搏斗的
多少都具有兽性——
从流血的游戏中得到快感
从死亡的挣扎中引起笑声,
别人越痛苦,他们越高兴;
(你没有听见那笑声吗?)
最可恨的是那些
用别人的灾难进行投机
从血泊中捞取利润的人,
他们的财富和罪恶一同增长;

斗技场的奴隶越紧张
看台上的人群越兴奋;
厮杀的叫喊越响

越能爆发狂暴的笑声;
看台上是金银首饰在闪光
斗场上是刀叉匕首在闪光;
两者之间相距并不远
却有一堵不能逾越的墙。
这就是古罗马的斗技场
它延续了多少个世纪
谁知道有多少奴隶
在这个圆池里丧生。
神呀,宙斯呀,丘比特呀,耶和华呀
一切所谓"万能的主"呀,都在哪里?
为什么对人间的不幸无动于衷?
风呀,雨呀,雷霆呀,
为什么对罪恶能宽容?

奴隶依然是奴隶
谁在主宰着人间?
谁是这场游戏的主谋?
时间越久,看得越清:
经营斗技场的都是奴隶主
不论是老泰尔克维尼乌斯
还是苏拉、凯撒、奥大维……
都是奴隶主中的奴隶主——
嗜血的猛兽、残暴的君王!
"不要做奴隶!
要做自由人!"
一人号召
万人响应

为了改变自己的命运
就要捣毁万恶的斗技场；
把那些拿别人生命作赌注的人
　　钉死在耻辱柱上！
奴隶的领袖
只有从奴隶中产生；
共同的命运
产生共同的思想；
共同的意志
汇成伟大的力量。
一次又一次地举起义旗
斗争的才能因失败而增长
愤怒的队伍像地中海的巨浪
淹没了宫殿，掀翻了凯旋门
冲垮了斗技场，浩浩荡荡
觉醒了的人们誓用鲜血灌溉大地
建造起一个自由劳动的天堂！

如今，古罗马的大斗技场
已成了历史的遗物，像战后的废墟
沉浸在落日的余晖里，像碉堡
不得不引起我疑问和沉思：
它究竟是光荣的纪念，
还是耻辱的标志？
它是夸耀古罗马的豪华，
还是记录野蛮的统治？
它是为了博得廉价的同情，
还是谋求遥远的叹息？

时间太久了
连大理石也要哭泣；
时间太久了
连凯旋门也要低头；
奴隶社会最残忍的一幕已经过去
不义的杀戮已消失在历史的烟雾里
但它却在人类的良心上留下可耻的记忆
而且向我们披示一条真理：
血债迟早都要用血来偿还；
以别人的生命作为赌注的
就不可能得到光彩的下场。

说起来多少有些荒唐——
在当今的世界上
依然有人保留了奴隶主的思想，
他们把全人类都看作奴役的对象
整个地球是一个最大的斗技场。

一九七九年七月　北京

山核桃

一个个像是铜铸的
上面刻满了甲骨文
也像是黄杨木雕刻

玲珑透剔、变化无穷
不知是天和地的对话
还是风雨雷电的檄文

关于眼睛(两首)

你说眼睛是灵魂的窗子
我说眼睛是灵魂的镜子

你说世界上最美的是眼睛
我说最可怕的也是眼睛

有那么一双眼睛
在没有灯光的夜晚
你和她挨得那么近
突然向你闪光
又突然熄灭了
你一直都记着那一瞬

有那么一双眼睛
深得像一口古井
四周有水草丛生
你只向井里看了一眼
经过多少年
你还记得那古井

有那么一双眼睛
又大又澄碧
蓝天一样纯洁
月光一样宁静
你没有勇气看它
因为你不敢承担
它对你的信任

又一章

灵魂的窗子
秘密的锁孔
从它那儿
可以窥探内心

说谎的眼睛
渴望的眼睛
哀求的眼睛
宽恕的眼睛
爱情的眼睛
梦似的飘忽不定
有时诉说衷情
有时夹着怨恨

欣喜若狂
无限悲伤
都通过眼睛

仇恨在胸中燃烧
眼睛里冒出火星

面对茫茫大海
热切的期待归帆

忍受着熬煎的
是望穿秋水的眼睛

最宁静的时刻
一片落叶
睫毛——窗帘的震动
一次心跳

你从绝望中
滴下泪水
洗涤你的心
沉浸于安静

生命的黄昏来临
然后你把窗户闭紧

一九七九年九月四日早晨

虎 斑 贝

美丽的虎斑纹

闪灼在你身上
是什么把你磨得这样光
是什么把你擦得这样亮

比最好的瓷器细腻
比洁白的宝石坚硬
像鹅蛋似的椭圆滑润
找不到针尖大的伤痕

在绝望的海底多少年
在万顷波涛中打滚
一身是玉石的盔甲
保护着最易受伤的生命

要不是偶然的海浪把我卷带到沙滩上
我从来没有想到能看见这么美好的阳光

一九七九年十二月十七日晨一时

沉痛的经验
——悼念少奇同志

我老了眼睛不好
看谁都有两副脸
而且会颠倒过来
头朝着地脚朝天

还有耳朵也不灵
听什么都很艰难
你说白我听成黑
你说方我听成圆

常常埋怨这世界
像肥皂泡飞上天
垒得整齐的积木
忽然自己来推翻

经过这些年磨难
悟到沉痛的经验
被颠倒了的事物
必须颠倒过来看

一九八〇年三月一日晨

听鹂馆

谁也不知道
黄鹂是什么时候飞走了
空留下一个听鹂馆

既没有涓涓流水
也没有柳浪闻莺

每天都有成群的旅游人
站在榆叶梅下面
拍一张照片以作纪念

一九八〇年四月二十九日　秋水亭

红色磨坊

红色磨坊
有一个桃色的夜晚

光的渲染
夸张了的美
力学的运用
层出不穷的
　应接不暇的梦幻

集体的
傲慢的
精力充沛的
颤动着的曲线
整齐而灵活
像部队在进行操练

从非洲热带森林深处

发出的渴求的叫喊
肉体的炽热的狂风
永不衰竭的性的呐喊

整个舞台烟雾弥漫
比漩涡更大的动乱
青春大拍卖
色相不值钱
整整一百多年
金碧辉煌的欺骗

要是说
巴黎有一个跪在圣母院
　　祈祷宽恕的白天
它同样也有一个
　　不穿紧身衣的夜晚

一九八〇年六月十三日晚

雪　　莲

春风吹不到这儿，
燕子也不会来——
不怕从悬崖摔下来，
才能看见你的光彩；

冰与雪的化身——
洁白、美丽、大方；
没有对你强烈的爱，
闻不到你的芬芳。

交河故城遗址

仿佛有驼队穿城而过
人声喧嚷里夹着驼铃
依然是热闹的街市
车如流水马如龙

不，豪华的宫阙
已化为一片废墟
千年的悲欢离合
找不到一丝痕迹

活着的人好好地活着吧
别指望大地会留下记忆

给女雕塑家张得蒂

从你的手指流出了头发
像波浪起伏不平

前额留下岁月的艰辛

从你的手指流出了眼睛
有忧伤的眼神
嘴唇抿得紧紧

从你的手指流出了一个我
有我的呼吸
有我的体温

而我却沉默着
或许是不幸
我因你而延长了寿命

创作要目

1932 年　1月16日,创作了记述法国"世界反帝大同盟"成员开会情景的诗《会合》,载同年7月20日上海《北斗》月刊二卷三、四期合刊,发表时编辑加了一个副题"东方部的会合",署名:莪伽;这是作者正式发表的第一首诗。

1月25日,由巴黎去马赛途中,作《当黎明穿上了白衣》一诗。

2月3日,在苏伊士运河上作《阳光在远处》一诗。

2月26日,在湄公河畔作诗《那边》,以上诗作均载于同年9月1日上海《现代》月刊一卷五期。

9月10日,作诗《透明的夜》,收入诗集《大堰河》。

1933 年　1月14日,在狱中写成《大堰河——我的保姆》,载1934年5月1日上海《春光》月刊一卷三期。

3月13日,作《叫喊》一诗,以上诗作均载于1934年3月1日《春光》月刊一卷一期。

3月28日,作《芦笛》一诗,载1933年5月1日上海《现代》月刊三卷一期,这是第一首以艾青为笔名发表的诗作。

同年秋,作《老人》《雨的街》二诗,载1937年1月10日上海《新诗》月刊一卷四期。

1934 年　3月1日,《病监》载于上海《现代》月刊四卷五期。

6月1日,《古宅的造访》载于上海《诗歌月报》一卷三期。

12月1日,《铁窗里》载于上海《新诗歌》二卷四期。

1936 年　11月10日,自费出版了第一本诗集《大堰河》,由上海群众杂志公司发行。

1937年　春,作《太阳》《煤的对话》。

4月,作《春》《生命》。

5月,作《浪》《笑》《黎明》,以上诗作均收入诗集《旷野》。

7月6日,作《复活的土地》一诗,收入诗集《北方》。

12月28日,作《雪落在中国的土地上》一诗,载于1938年1月16日汉口《七月》半月刊二集一期。

1938年　春,作《乞丐》一诗,载于1938年4月1日《七月》半月刊二集六期。

4月中旬,作长诗《向太阳》,载同年5月16日《七月》半月刊三集二期,1940年由香港海燕书店出版。

5月1日,《风陵渡》《补衣妇》《驴子》三首诗以《北方诗草》为总题,载于《七月》半月刊三集一期。

7月3日,作《人皮》一诗,载于同年7月1日《七月》半月刊三集五期。

11月17日,作《我爱这土地》,载于12月10日桂林《十日文萃》旬刊一卷四期。

12月1日,作《死难者的画像》一诗,载于1939年3月29日《广西日报》副刊《南方》五一期。

1939年　作长诗《吹号者》,载于同年5月16日《文艺阵地》三卷二期;作长诗《他死在第二次》,收入诗集《他死在第二次》。

1940年　1月,作《旷野》《冬天的池沼》《解冻》《愿春天早点来》等诗,收入诗集《旷野》。

5月1日至4日,作长诗《火把》,载于《中苏文化》六卷五期。

1941年　8月,作《我的父亲》一诗,载于1942年8月15日延安《谷雨》月刊一卷六期。

10月30日,作《强盗和诗人》一诗,载于1945年2月重庆《诗文学丛刊》第一辑。

12月16日,作《时代》一诗,载于1942年5月31日《解放日报》。

1942年　1月,作《太阳的话》,载于同年5月31日《解放日报》。

1943年　5月,诗集《黎明的通知》由桂林文化供应社出版。

1945年　1月27日,作《悼罗曼·罗兰》一诗,载于同年1月29日《解放日报》。

1948年　春,作组诗《播谷鸟集》。

1950年　3月28日,作《春姑娘》一诗。

1951年　7月,诗选集《艾青选集》由开明书店出版。

1954年　春,作《双尖山》一诗,载于1955年9月《人民文学》。

7月17日,作《一个黑人姑娘在歌唱》,载于同年11月《人民文学》。

7月25日,作《礁石》《珠贝》《海带》三诗,载于1956年12月22日《光明日报》。

11月,作叙事长诗《黑鳗》,载于1955年4月《人民文学》。

1978年　4月30日,《文汇报》发表《红旗》一诗,这是复出后在报刊上发表的第一篇作品。

6月16日,作《小泽征尔》一诗。

8月至12月,作抒情长诗《光的赞歌》,载于1979年1月《人民文学》。

1979年　2月23日,作《绿》《盆景》。

3月,作《盼望》。

7月,作长诗《古罗马的大斗技场》。

1980年　3月,作《女射手》《跳水》等诗。

1982年　2月,《给女雕塑家张得蒂》发表在《诗刊》封二。

刘金冬

图书在版编目(CIP)数据

艾青精选集／艾青著.－北京：北京燕山出版社,2015.9
ISBN 978－7－5402－3947－3

Ⅰ.①艾… Ⅱ.①艾… Ⅲ.①诗集－中国－当代 Ⅳ.①I227

中国版本图书馆 CIP 数据核字(2015)第 218674 号

艾青精选集

艾青 著
责任编辑／尚燕彬 王 滢
装帧设计／小 贾

北京燕山出版社出版发行
北京市西城区陶然亭路 53 号 邮编 100054
全国新华书店经销
北京盛源印刷有限公司印刷

开本 850×1168 1/32 印张 11.5 字数 425,000
2015 年 11 月第 1 版 2015 年 11 月第 1 次印刷

定价:35.00 元

版权所有 盗版必究